I0635084

ROMANS DE HENRI ZSCHOKKE.

LE MÉNÉTRIER,

OU UNE

INSURRECTION

EN SUISSE,

HISTOIRE DE 1653,

TRADUITE DE L'ALLEMAND

Par A. Loève-Veimars,

TRADUCTEUR

DE LA COLLECTION COMPLÈTE DES ROMANS HISTORIQUES

DE VAN DER VELDE.

SECONDE ÉDITION, REVUE ET CORRIGÉE.

TOME TROISIÈME.

PARIS,

CHARLES GOSSELIN, LIBRAIRE

DE SON ALTESSE ROYALE MONSEIGNEUR LE DUC DE BORDEAUX,

RUE SAINT-GERMAIN-DES-PRÉS, N° 9.

M DCCC XXX.

DE L'IMPRIMERIE DE LACHEVARDIERE.

ROMANS

DE

HENRI ZSCHOKKE,

TRADUITS DE L'ALLEMAND

PAR

le traducteur des Romans de Van der Velde.

LE MÉNÉTRIER.

—

TOME TROISIÈME.

IMPRIMERIE DE LACHEVARDIERE,
RUE DU COLOMBIER, Nº 30.

LE MÉNÉTRIER,

OU UNE

INSURRECTION

EN SUISSE,

HISTOIRE DE 1653,

PAR HENRI ZSCHOKKE,

TRADUITE DE L'ALLEMAND

Par A. Loève-Veimars,

TRADUCTEUR DE LA COLLECTION COMPLÈTE DES ROMANS HISTORIQUES
DE VAN DER VELDE.

—

TOME TROISIÈME.

Paris,

CHARLES GOSSELIN, LIBRAIRE

DE SON ALTESSE ROYALE MONSEIGNEUR LE DUC DE BORDEAUX,

RUE SAINT-GERMAIN-DES-PRÉS, N° 9.

M DCCC XXX.

LE MÉNÉTRIER,

OU UNE

INSURRECTION

EN SUISSE.

~~~~~~~~~~~~~~~~~~~~~~~~~~~~~~~~~~

CHAPITRE XXII.

—

LA LANDSTURM.

Fabien laissa passer devant lui toutes
ces turbulentes troupes. Il contemplait,
non sans inquiétude, la ville menacée,
dont les sombres pignons et les tours

3.   1

semblaient avancer avec curiosité leurs
têtes au-dessus de ses remparts, tandis
que la plaine de Suhr, qui s'étendait
entre le mont Gœnhard et la rive de
l'Aare, fourmillait de bandes de rebelles.
Quelques centaines d'hommes étaient
étendues, par troupes irrégulières, sur
les prairies et dans les champs, ou couraient en désordre dans la campagne.
On entendait le murmure de leurs déli-
bérations, interrompu de temps à autre
par quelques coups de mousquet ou
par le bruit des tambours, produit par
ceux qui s'essayaient à se servir de ces
instrumens de guerre. Les arbres des
forêts et les broussailles semblaient
même produire des hommes, car on
voyait à chaque moment sortir de leurs
ombrages de nouvelles bandes armées,
avec leurs bannières déployées, qui
allaient rejoindre les paysans de la
landsturm.

Fabien descendit avec précaution de
la montagne et suivit les sinuosités du
ruisseau qui alimente, de temps immé-
morial, les usines et les fontaines d'Aarau, et qui mène au faubourg de la
haute ville. Il y rencontra déjà, dans
toutes les rues, les figures insolentes
des paysans. Sur la place, devant le
Grand-Lion, était plantée la bannière
de Rynach. La foule des paysans y était
plus nombreuse et plus serrée qu'en
tout autre lieu, et du milieu de cette
multitude s'élevaient quelques voix
bruyantes qui semblaient prendre part
à une délibération ou à une querelle.
Lorsque Fabien eut pénétré jusqu'au
fond de la foule, il aperçut, parmi un
grand nombre de figures farouches
qui lui étaient inconnues, la tête d'Addrich qui s'élevait au-dessus de celles
de tous ses voisins; auprès de lui étaient
quelques conseillers de la ville, et le
chevalier Mey de Rued.

— Ainsi, voilà nos volontés nettement expliquées, dit un paysan bien
vêtu qu'on semblait écouter avec attention ; et dix milles épées quitteront le
fourreau, s'il le faut, pour les soutenir !
Nous ne nous sommes pas levés contre
vous, mes dignes sires d'Aarau, ainsi
vous n'avez aucun besoin de nous résister ; mais si vous accordez le passage
à des troupes étrangères par votre ville,
à plus forte raison devez-vous l'accorder à vos compatriotes. Nous ne souffrirons pas que vous gardiez chez vous
une garnison qui nous barre le chemin.
Si les Bâlois et les Mulhausois ne se
retirent pas avant midi, nous les atta-
querons et nous les chasserons. Mais
alors, messieurs d'Aarau, nous ne pouvons pas répondre que la rage du peuple ne le fera pas sortir des gonds.
Vous savez que la misère a le pied large,
et qu'elle tient bien là où elle s'établit.
Ainsi, tenez-vous sur vos gardes !

— Mes maîtres, s'écria le seigneur de Rued, prêtez-moi encore une fois attention, car je frémis en vous voyant vous plonger ainsi volontairement dans un abîme de perdition. Si votre bon ange vous réveillait tout d'un coup de l'ivresse dangereuse où vous êtes plongés, vous seriez épouvantés de vous trouver ici, devant Aarau, au lieu d'être avec vos femmes et vos enfans dans vos huttes, et de vous voir la pique en main, au milieu de la paix, au lieu de tenir le soc de vos charrues! Ne vous demanderiez-vous pas alors les uns aux autres, avec des yeux étonnés, par quel sortilége vous vous trouvez tous là, comme tombés des nues? Ce qui vous arrive ne vous semble-t-il pas à tous un fâcheux rêve?

— Je vois bien, s'écria un paysan de la troupe, que le chevalier Mey s'ima-

gine rêver, mais non pas nous, car nous
venons au contraire de nous réveiller!

— S'il en est ainsi, continua le chevalier, agissez donc comme des gens
éveillés, ne grimpez pas les yeux fermés, comme des somnambules par un
clair de lune, aux toits des maisons, au
lieu de marcher dans la route tracée.
Que demandez-vous? Vous êtes mécon-
tens que le nouvel arrangement des
monnaies vous coûte quelques batzens;
mais serez-vous plus contens de voir
ravager vos champs par le passage et les
désordres des soldats étrangers, de voir
vos villages en flammes! vos maisons
pillées, vos femmes et ves enfans livrés
au malheur et à l'infamie? Que demandez-vous, dis-je? Supposons que notre
souverain gouvernement ait commis
quelques fautes, ce serait une erreur
qui peut échapper au plus sage. Et c'est

par le crime de rébellion et de haute
trahison que vous prétendriez la réparer? Si vos griefs sont justes, pourquoi
ne vous présentez-vous pas avec le respect convenable devant l'autorité éta-
blie par Dieu, devant les anciens et
les pères du pays? ou bien, voulez-
vous enseigner à vos enfans à vous
demander du pain le couteau sur la
gorge? Où voulez-vous aller? conqué-
rir la ville fortifiée et la citadelle de
Berne, qui enverra contre vos bandes
mal exercées des troupes bien munies
de tous les approvisionnemens de
guerre, bien disciplinées, et comman-
dées par de bons généraux? Croyez-
vous que vos cris et vos juremens feront
écrouler les remparts et les murs de
Berne, qui pourrait vous envoyer une
terrible réponse par leurs mille bou-
ches à feu?

Bien que le chevalier eût prononcé

ces paroles avec une dignité tranquille,
avec une expression de confiance et de
bienveillance telle que le peuple suisse
aime à la trouver dans la bouche de
ses maîtres, l'assemblée parut cependant y donner peu d'attention. Des
chuchotemens, des ris moqueurs, des
cris se firent entendre pendant le discours du chevalier; le silence ne se
rétablit que lorsque Addrich se fut écrié
d'une voix forte : Avec votre permission, noble seigneur, bien que nos
droits semblent dans vos mains et dans
celles des gens de Berne, mous et flexi-
bles comme la cire, ils pourraient bien
devenir, dans les nôtres, de fer et de
pierre ! A Sempach, les Suisses n'é-
taient couverts que de souquenilles de
bergers, et les chevaliers étaient tous
enfermés dans leurs armures de fer ;
Cependant les harnais furent trouvés
plus minces que la toile, et les souque-

nilles plus épaisses que les cuirasses !
Si vous croyez à une justice divine,
vous saurez qu'elle s'inquiète peu de se
brouiller avec les magnifiques seigneurs
de Berne, et on la verra suivre nos drapeaux, et frapper du glaive de sa vengeance vos têtes superbes.

Tandis que le vieillard parlait ainsi,
toutes les têtes s'étaient rapprochées
dans un profond silence, et chacun
écoutait l'œil tendu et la bouche béante,
pour ne pas perdre une syllabe des paroles d'Addrich. Le seigneur de Rued,
immobile, le regard fixé sur lui avec
toute la hauteur aristocratique, l'écoutait avec un calme apparent ; mais on
remarquait, aux nuances qui se suc-
cédaient sur son visage, que la colère
fermentait dans sa poitrine.

— Silence, l'homme des Mousses !

s'écria-t-il sans abandonner l'indifférence qu'il affectait. De tous ces honnêtes gens égarés, tu es celui qui as le moins de droits à parler des punitions que la clémence du ciel tient encore en réserve. Il faut des hommes de ta trempe, des hommes sans honneur et sans foi, qui aient fait mourir violemment leur femme et leur frère, qui aient acquis leur bien par des voies illicites, pour oser égarer la raison du peuple, et concevoir l'audacieuse idée de renverser le siége de l'autorité pour y prendre place. Va, Dieu t'a marqué au front, et l'on voit sur ton visage les traces du marché que tu as signé avec le diable ! mais ta laide figure vaut encore mieux que ton cœur, où le repentir n'a jamais pénétré.

— Seigneur Mey de Rued, répondit Addrich avec calme, injuriez-moi tant

qu'il vous plaira, je vous le pardonne;
mais jugez mieux tous ces braves gens.
Votre égoïsme, votre esprit de domina-
tion, à vous autres seigneurs, ont privé
le peuple de ses droits, et en ont fait
des esclaves, de Suisses libres qu'ils
étaient : ni moi ni personne ne pour-
rions lui causer autant de mal que vous
lui en avez déjà fait. Ces paysans que
vous voyez ici, voudraient, avec votre
permission, à vous seigneurs et dieux
de la terre, redevenir des hommes; ils
veulent un Dieu au ciel, mais ils n'en
veulent pas deux cents à l'hôtel-de-
ville de Berne!

Ces paroles pénétrèrent dans toute la
masse du peuple. Les paysans applau-
dirent leur vieil orateur, et s'écrièrent :
Bien, bien parlé! c'est cela! L'homme
des Mousses rogne les ongles au chevalier! C'est comme cela qu'il faut faire!

Le visage du chevalier se couvrit

d'une rougeur subite, et il s'écria en
jetant un regard étincelant sur Addrich:
Silence! Tu es fin et rusé, je le sais,
froid et venimeux comme un serpent,
mais tu ne trouveras à ronger qu'une
pierre. Pour vous autres, il est vrai que
vous êtes coupables, mais on vous a
séduits. Je vous annonce votre pardon.
Obéissez à l'autorité à laquelle vous
avez prêté serment ; emparez-vous de
ce vieux perturbateur, de cet Addrich!
et conduisez-le prisonnier à la ville.
Obéissez! — Le ton impérieux du chevalier, la fierté dépouillée de crainte
qu'il montrait, parurent ébranler un
moment le peuple. Plusieurs d'entre
les paysans ôtèrent leurs chapeaux et
leurs bonnets. Le sourire le plus amer
se montra sur le visage d'Addrich.

Tout-à-coup une voix forte s'écria du
milieu de la foule : Laissez-moi passer,

que j'apprenne à ce faux frère la courtoisie et les usages et les lois de la guerre!

Un jeune homme, d'une figure noble et les yeux enflammés, sortit du cercle : c'était le capitaine Gédéon, qui vint se placer droit devant le chevalier, le bras gauche appuyé sur son côté, et le doigt de la main droite élevé en signe de menace.

— Rendez grâce à votre position, seigneur de Rued, et au caractère que vous donne le titre de député de l'honorable ville d'Aarau, dit-il, sans quoi je vous aurais appris à observer les égards dus aux capitaines et aux gens de guerre. Puisque vous ne vous entendez pas mieux à exécuter vos instructions, et que vous voulez débaucher notre monde, et vous en faire obéir comme si vous aviez de chacun d'eux un contrat d'engagement en poche, décampez au plus vite; car, au cas contraire, je vous paierai vos demandes exorbitantes avec une monnaie un peu dure.

—Qui es-tu? reprit le chevalier en toisant ce nouvel orateur de la tête aux pieds. Sais-tu bien, rebelle, à qui tu parles?

— Avec votre permission, messire, je suis le capitaine Gédéon Renold, et, sans vanité, j'ai vu d'autres majestés que leurs Magnificences de Berne. Le grand général Torstensohn et le célèbre prince Ragotzcki me disaient, après la bataille de Jankowitz...

—Silence, mauvais bouffon! lui cria violemment le chevalier, qui se rappela aussitôt ce personnage: si mes gens t'avaient pu prendre il y a quelques jours,

tu raconterais tes fanfaronnades aux rats
de la tour de Rued. Va-t'en, menteur
fieffé, je n'ai à parler ici qu'à d'honnêtes
gens.

Renold le regarda avec un sourire
moqueur : Si je voulais oublier ma
dignité et votre titre d'ambassadeur,
vous seriez déjà étendu à mes pieds ;
mais je me console en songeant que je
vous rencontrerai bientôt dans quelques
escarmouches à l'épée ou au pistolet ;
et la première fois que je vous attraperai,
je vous insinuerai ma balle ou ma lame
dans le ventre, foi de cavalier ! L'é-
cume vous en sortira de la bouche !

Le capitaine accompagna ces paroles
d'une pantomime si menaçante et si animée, que son poing fermé s'agita passablement proche du visage du chevalier. Celui-ci repoussa avec mépris le

bras de Gédéon, en le traitant d'insolent coquin. Aussitôt le capitaine porta la main à son épée, mais il l'abandonna presque en même temps, et arracha la pique du paysan le plus proche.

—Je veux chasser ce gentillâtre comme un chien, et non comme un soldat! s'écria-t-il avec fureur, et en même temps il frappa si violemment la tête du chevalier avec le bois de la pique, qu'elle se brisa en deux morceaux.

Addrich se jeta sur ce furieux, qui s'apprêtait à frapper de nouveau, et le repoussa dans la foule. Les conseillers d'Aarau, pleins d'effroi, environnèrent le seigneur de Rued et l'entraînèrent en toute hâte vers la ville. Fabien ab-der Almen se joignit à eux. De longs éclats de rire, mêlés à quelques décharges de mousqueterie, poursuivirent les fugitifs jusqu'au faubourg d'Aarau, où l'on se hâta d'ouvrir à l'ambassade poursuivie, le plus petit guichet de la porte, qui se referma sur eux. Une multitude d'habitans suivirent avec curiosité les députés jusqu'à l'Hôtel-de-Ville.

Cet édifice étendait ses longues ailes, noircies par les siècles, sur la place du Vieux-Château et du fort Roze; les fossés et les remparts qui l'avaient environné, avaient été comblés depuis long-temps pour faire place à une voie publique; l'extérieur de la Maison-de-Ville brillait de tout le luxe de ce temps, et les murailles étaient couvertes de peintures variées qui représentaient les vertus cardinales avec leurs différens attributs. Les députés gravirent un perron de pierre placé devant une petite tour ronde, et gagnèrent la grand'salle, où siégeaient déjà le bailli, les conseillers

3.

et les notables, et derrière eux les co-
lonels et les capitaines des troupes étrangères. Les échevins de première et seconde classe, vêtus aux couleurs de la
ville, portant leur baguette à pomme
d'argent, signe de leur dignité, se tenaient debout devant le bailli, qui,
assis sous un dais aux armes d'Aarau,
recueillait avec gravité les opinions des
membres du conseil.—Fabien, qui était
jaloux de connaître le résultat de la délibération, pénétra dans la partie de la
salle où le peuple avait droit de paraître.

~~~~~~

CHAPITRE XXIII.

—

LES PREMIÈRES HOSTILITÉS.

Dès que les députés, après avoir été appelés selon leurs titres et salués selon leur rang, eurent rendu compte de leur mission auprès des rebelles, le bailli demanda aux capitaines de Mulhausen et de Bâle s'ils voulaient se rendre aux sommations des paysans, d'évacuer la ville, ou s'ils étaient décidés à se défendre.

—En vérité, s'écria le colonel Zoernli, de Bâle, cette question était au moins inutile : je suis dans cette ville, avec mes soldats, par ordre supérieur, et je m'embarrasse fort peu de l'insolence de cette canaille qui est là dehors ; quand ils seraient dix mille, nous saurions nous défendre, tant qu'une maison restera debout ; et pour me faire sortir vivant d'ici, il faudra m'arracher de mon poste par morceaux.

—Très bien parlé, sire colonel, voilà qui est très beau, dit le bailli d'Aarau, et vous pourriez compter que la bourgeoisie ne se tiendrait pas à vous regarder les mains dans les poches, s'il s'agissait

de repousser un ennemi, quel qu'il fût,
de ses murs; mais il me semble que
vous ne devriez pas jeter le lacet trop
loin, et regarder d'abord si vos braves
soldats ont à cœur de suivre vos volontés;
car ce n'est pas un mystère, et, pour
vous parler nettemnet, je vous dirai
qu'ils aimeraient mieux se battre contre
les bourgeois que contre les paysans; et,
de la sorte, Aarau se trouverait avoir des
ennemis au dedans et au dehors.

—Sire colonel, dit le chevalier Mey
de Rued, les craintes de messire le bailli
me semblent fondées; le courage et la
fidélité de vos gens paraissent en effet
suspects. Une grande partie d'entre eux
est dévouée à la cause des rebelles. Voulez-vous suivre un bon conseil, joignez-
vous à moi, et conduisez vos gens au
château de Lenzbourg; je vous y ac-
compagnerai; et je prends tout sous ma

responsabilité. Aarau n'est pas une
place de défense, vous améneriez inutilement votre ruine, causant celle de
cette bonne ville ; tandis que la popu-
lace rebelle n'osera se risquer devant le
fort de Lenzbourg. Là vous serez en
sûreté, dans le voisinage de Schaffouse
et de Brugg, et vous pourrez porter
des secours des deux côtés.

Le colonel secoua la tête.—Ma place
est ici, dit-il, je m'y maintiendrai
comme un clou rivé. Mes braves soldats
ne sont pas moins résolus que moi. N'est-
ce pas, capitaine Paul Bekel ?

Le capitaine fit une grimace, et ex-
prima suffisamment son opinion en
avançant sa lèvre inférieure comme
pour faire une moue, et en rappro-
chant, par une contraction insensible,
ses deux sourcils de la partie supérieure

du nez. — J'en doute; notre troupe est
animée d'un courage aussi héroïque
qu'il en fut jamais, dit-il; on ne trouverait pas un seul drôle là-dedans qui
ne porte quelque cicatrice qu'il a reçue
comme braconnier, ou bien derrière la
table d'une auberge, d'un coup de tabou-
ret ou d'un éclat de bouteille qu'on lui a
cassée sur la tête; mais ces gaillards sont
de mauvais calculateurs, depuis l'école,
ils prennent des dix pour des cents; ils
disent qu'ils ne veulent pas sortir dans
la campagne, parcequ'il y a là-bas un
million de paysans qui les attendent; et
ils font comme le juge Robert, qui ne
pèse pas les raisons, mais qui les compte.

—Quoi! s'écria le colonel avec colère,
il ne veulent pas sortir de la ville! Capitaine Bekel, vous sévirez contre les
mutins...

Le colonel fut interrompu par l'arrivée d'un officier qui annonça d'une voix haute que les soldats couraient aux armes de leur propre mouvement, que tout était dans le plus grand désordre, et que les paysans rebelles ayant reçu de nouveaux renforts, marchaient en plusieurs troupes contre la ville.

— Il faudra qu'ils se retirent la tête meurtrie! dit le colonel. Voyez-vous, capitaine Paul Bekel, l'esprit qui anime nos braves soldats de Bâle et de Mulhausen? Marchons, messieurs, allons diriger le courage impétueux de la garnison. En avant! Où est le lieu de rassemblement des soldats, monsieur le lieutenant?

L'officier qui avait apporté le message répondit: Mon colonel, partout et nulle part, ou plutôt où chacun se croit le mieux en sûreté; pour l'un c'est sous des tas de paille, pour l'autre, dans l'écurie ou dans la cave; un grand nombre court en désordre de l'autre côté du pont de l'Aare. Il n'est pas un d'eux qui croie sa vie sauve, et la plupart en a déjà perdu ses yeux et ses oreilles. J'ai assisté à plus d'une guerre, à maint combat, mon colonel, mais je veux servir de balai à la plus laide sorcière pour aller au sabbat, si j'ai jamais vu autant de krethis et de plethis ensemble!

A cette nouvelle, le colonel demeura interdit, et le capitaine Paul Bekel fit une grimace encore plus significative que la première.

— Messieurs, il y a de la trahison ici! suivez-moi! dit le colonel, et il quitta la salle; plusieurs membres du conseil le suivirent.

En entrant dans les rues, il leur sem-

3.

bla que l'ennemi était déjà entré par toutes les portes. Les soldats passaient en courant avec leurs sacs et leurs bagages, sans s'inquiéter de leur colonel et de ses juremens; les bourgeois armés s'appelaient l'un l'autre, pour se demander quelle porte il fallait défendre. Des femmes, pâles et échevelées, couraient de tous côtés, appelant à grands cris leurs enfans qui jouaient devant leurs portes. Cependant on ne tarda pas à apprendre que cette alerte avait eu lieu sans motif, et que les paysans n'avaient fait aucune disposition pour l'attaque.

Lorsque le colonel Zoernli, accompagné du chevalier Mey de Rued et de quelques conseillers, arriva sur le bord de l'Aarau pour déterminer ses soldats à faire volte-face, il les trouva déjà occupés à abattre le pont et à le livrer aux flammes. Une autre troupe, armée de piques et de mousquets, était rassemblée autour d'un jeune homme qui, l'épée à la main, le dos appuyé contre une muraille, semblait se défendre avec vigueur. C'était le jeune Fabien ab-der Almen.

— Prêtez-moi secours, messieurs! cria-t-il aux officiers qui arrivaient, vos gens veulent m'assassiner parceque je me suis opposé à ce qu'ils détruisissent inutilement le pont de cette ville.

— Non, non! criaient ceux qui le cernaient; c'est un coquin fieffé, un espion, un officier des rebelles. Point de grâce! il faut le pendre!

Le colonel se jeta au milieu d'eux, en s'écriant: Jeune homme, qui que tu sois, rends-moi ton épée! quatre hommes et un caporal en avant! qu'on l'emmène dans le corps-de-garde! Il est sous ma

protection jusqu'à ce que je sache s'il
est innocent ou coupable. Jeune homme,
rends ton épée, te dis-je ; je te donne
ma parole que tu auras la vie sauve si
ta conscience est bonne. Je suis le colonel
Zoernli de Bâle.

— Sire colonel, dit Fabien en lui pré-
sentant son épée, je me fie à votre parole
d'honneur. Maintenant sauvez le pont.

Quelques soldats se placèrent autour
du jeune homme, et en dépit des ordres
et des juremens du colonel qui leur criait
de le conduire au corps-de-garde, ils
l'emmenèrent à la maison du garde du
pont sur l'autre rive, en criant : nous ne
remettrons pas le pied dans la ville. Nous
sommes trahis. Les bourgeois s'enten-
dent avec les rebelles. Le colonel, forcé
de souffrir ce qu'il ne pouvait empêcher,
dut se trouver fort satisfait d'obtenir

avec l'assistance du seigneur de Rued
et des conseillers, que le pont resterait
intact.

—Messieurs de Bâle et de Mulhausen, dit le chevalier Mey quand le tumulte se fut apaisé, combien êtes-vous
d'officiers tous ensemble?

—Environ vingt-sept pour cinq cents
soldats, répondit un des capitaines.

— En ce cas, portez-vous bien, messieurs; je me rends à Kœnigsfelden où je
serai en sûreté. Je pense que vous êtes
trop faibles, puisque vous n'avez que
vingt-sept hommes pour obéir à cinq
cents capitaines.

A ces mots, le seigneur de Rued rega-
gna l'intérieur de la ville.

Le colonel, forcé d'entendre ce mauvais compliment, murmura quelques

malédictions entre ses dents, se choi-
sit un nouveau quartier-général entre
les deux ponts de l'Aare, plaça en bon
ordre les soldats qui s'étaient campés
autour de la maison du garde, et prit
patience en apprenant qu'on se disposait
à lui envoyer des vivres de la ville. Les
soldats, revenus de leur effroi, se livrè-
rent sans frein à leur humeur désor-
donnée. Ils jouèrent aux dés, chantè-
rent, burent, et lancèrent mille brocards
contre les bourgeois d'Aarau qui gar-
daient eux-mêmes leurs portes et qui ap-
portaient cependant des provisions à
leurs défenseurs qui les abandonnaient.
Mais cette joie se calma tout-à-coup,
lorsque vers le soir le canon d'alarme du
château de Gœsgen tonna à l'ouest dans
le lointain, et que des cris annoncèrent
que douze cents rebelles du canton de
Soleure étaient en marche de ce côté
du fleuve. On fit promptement les ba-

gages, un conseil de guerre s'assembla, et l'on commença à opérer aussitôt une retraite sur les bailliages de Schenkenberg et de Biberstein. Fabien réclama en vain sa mise en liberté, le colonel l'emmena avec lui comme prisonnier de guerre, lui promettant toutefois d'accéder le lendemain à sa demande.

Mais avant que ce jour fût arrivé, le tocsin se fit aussi entendre tout le long des montagnes du bailliage de Schenkenberg et sur les deux rives du fleuve. Quelques heures plus tard, on aperçut sur les hauteurs de nombreuses troupes armées qui se mettaient en mouvement et qui se préparaient à l'attaque. Le colonel de Bâle essembla incontinent son monde en ordre de bataille, et il tenait un nouveau conseil avec ses officiers, lorsqu'on vint annoncer une députation de la bande ennemie. L'em-

barras des capitaines assemblés se décéla
visiblement par leur hésitation. Ils
avaient aussi peu de confiance dans le
courage et la fidélité de leurs soldats
que dans la générosité des paysans révoltés. Trop faibles pour résister au
soulèvement général et pour maîtriser
leurs troupes, ils ne voyaient de toutes
parts qu'une ruine inévitable ?

— Par mon pauvre honneur ! je n'ai
jamais vu une guerre aussi misérable,
s'écria enfin le capitaine Bekel en examinant le visage consterné de ses compagnons et se mettant à rire aux éclats.
Allons, messieurs, il faut bien prendre
la chose, et faire comme Hanswurst (1),
dans la comédie, quand le diable se met
en campagne contre lui avec les sept
péchés mortels. Mettons-nous les poings

(1) Personnage bouffon des anciennes comédies
allemandes.   (Le Trad.)

sur les hanches; faisons de nous des géans; remplissons-nous la bouche d'armées, d'artillerie, de grenades, de cartouches; changeons notre chétive troupe en une avant-garde de vingt mille hommes qui est en marche à quelques lieues, et faisons passer nos gens pour des Fiers-à-Bras intraitables. Cela peut nous sauver. Il faut metttre la peur aux trousses des paysans, et leur parler du haut en bas, comme des baillis de Berne. Je parie qu'ils nous feront humblement la révérence, et qu'ils finiront par nous tirer leur bonnet.

Pendant que le capitaine Bekel parlait ainsi en accompagnant son discours de gestes bouffons, l'hilarité gagna tous les autres à un tel point qu'ils purent à peine donner leur avis. Dans les situations dangereuses, une joyeuse insouciance est souvent un remède aussi effi-

cace qu'un profond désespoir. L'aspect
de la gaieté de leur capitaine produisit
une favorable impression sur l'esprit des
troupes de Bâle et de Mulhausen, qui
étaient rangées en ordre de bataille sur
ce qu'on nommait le Champ du Lion,
devant la route d'Aarau, jusqu'au pied
des montagnes, et qui attendaient avec
inquiétude l'issue de la délibération. Ces
ris immodérés semblèrent au contraire
produire un effet opposé sur la députation des paysans qui arrivait en ce moment. Les vingt hommes qui la compo-
saient s'arrêtèrent trois fois à différentes
distances, se consultant chaque fois entre eux, et se resserrant en un peloton
plus étroit.

Dès que les paysans s'approchèrent
de l'état-major, le colonel Zoernli s'a-
vança avec un visage sévère, entouré de
ses officiers, et cria aux députés en se

redressant: Eh bien! vous autres, où en
êtes-vous? venez-vous pour vous sou-
mettre?

Un paysan, d'une bonne apparence,
vêtu de son habit des dimanches, et
portant sur son chapeau rond un plumet
noir long de deux pieds, sortit des
rangs, s'inclina poliment, et répondit:
Nous vous souhaitons un bon et heureux jour, mes dignes sires. Si vous, qui
parlez là, vous êtes le colonel Zoernli,
je m'en réjouis de tout mon cœur.
Vous saurez donc, et je vous apprends,
afin que vous ne l'ignoriez pas, que je
ne suis pas seulement le forgeron de
Feltheim, mais que je suis aussi le général de notre armée.

—Tu es un bon diable, forgeron, répondit le colonel, et tu entends bien ton
métier, comme je l'ai entendu dire par

tout dans le pays. Dis-moi, combien
as-tu de garçons de forge? car, vois-tu,
si tu nous fais des prix raisonnables, tu
auras diantrement de travail avec nous.
Quatre mille cavaliers et quarante canons, avec leurs fourgons, sont en marche pour se rendre ici par la Schaffmatt
et le Hauenstein ; et tu sens que sur cette
maudite route il se perdra plus d'un fer
de cheval et plus d'un clou de roue.

Le colonel dit ces mots avec une telle
assurance et avec tant de dignité,
que le forgeron de Feltheim, perdant
toute contenance, se mit à retourner
d'une main son chapeau qu'il tenait derrière son dos, et de l'autre à se gratter
l'oreille d'un air embarrassé. — Quant
à ce qui est de ça, dit-il, ce ne serait
pas une mauvaise idée que vous auriez
là, sire colonel, et la besogne ne serait
pas à dédaigner; car, au jour d'aujour-

d'hui, les temps sont passablement durs.
Cependant je dois, avant tout, vous dire
que je suis venu, à proprement parler,
pour...

—Au reste, nous payons comptant,
dit le colonel en l'interrompant; c'est
l'ordre exprès de nos gracieux seigneurs.
J'ai été envoyé en avant avec une partie
de ma division, pour tout mettre en
ordre. Les bagages et les équipages pour
dix mille hommes arriveront à Feltheim
et Schinznach. Je sais que tu as des ennemis, maître. On a prétendu que tu
étais maladroit, que tu ne saurais pas
raccommoder une charrue; que ton fer
cassait au feu et à l'eau...

—Sire colonel, s'écria le forgeron de
Feltheim hors de lui, c'est pur mensonge
et calomnie: ce sont des propos que
tient le forgeron ivrogne de Talheim,

depuis que j'ai obtenu la pratique du château de Castelen. Mais mieux vaut faire envie que pitié, comme je dis toujours, sire colonel.

— C'est ce que je dis aussi, maître, reprit le colonel. Mais qui sont les braves gens que je vois là avec toi? N'y a-t-il pas des meuniers, des boulangers, des cordonniers et des gens d'autres métiers parmi vous? S'en trouve-t-il qui aient des provisions de grains, du bétail à vendre? J'achète tout pour l'armée.

En ce moment, un des plus grands paysans se détacha de la troupe, et s'écria d'une voix rauque, en lançant des regards irrités : Nous sommes des garçons forgerons, tous tant que nous sommes, messires, et tout prêts à rabattre votre orgueil sous nos marteaux.

— Mille tonnerres ! s'écria le for-

geron de Feltheim , laisse-moi donc
parler ! Je suis le général, et tu ne fais
pas parti du bailliage de Schenkenber,
toi. Va-t'en parler de l'autre côté de
l'Aare pour ta vallée de Kulm. Tu n'as
rien à dire ici.

—Silence, forgeron, silence ! La parole au chef des Mousses! s'écria tumul-
tueusement la troupe des députés —Il
s'y entend lui. Parle , parle, Addrich !
parle !

—Eh bien! qu'y a-t-il ? dit le colonel
en fronçant le sourcil. Qui es-tu , bon
vieillard ?

Addrich s'approcha de lui, et dit
d'une voix ferme : Vous êtes entouré des
bannières du bailliage de Schenkenberg.
La retraite sur la Schaffmatt vous est
coupée , jusqu'à Erlisbach , par deux

mille Soleurois. Aarau a été occupé cette
nuit par notre monde. Ceux de Schaffhouse se sont déjà retirés de Brugg. Votre armée avec ses quatre mille cavaliers
et ses quarante canons est encore dans
le four du pâtissier, à Bâle. Rendez vos
armes, vous êtes prisonniers! sinon,
nous vous hachons tous comme de la
pâte, à l'exception d'un seul que nous
renverrons sans nez et sans oreilles,
pour qu'il puisse dire où les autres au-
ront mordu le gazon.

Un peu surpris de ce discours, le colonel se remit promptement, jura, tem-
pêta, et menaça de brûler tous les villages et d'exterminer tout jusqu'aux
enfans.

Addrich répondit froidement : Viens
l'essayer ! mais auparavant, es-tu jaloux de connaître la fidélité de tes gens?

Laisse-moi leur dire deux mots ; s'ils ne te font pas aussitôt prisonnier toi et tes capitaines, et s'ils ne vous fusillent pas tous, je consens à rester ton prisonnier et à être pendu à la potence de Bâle.

— Si ce drôle-là n'est pas Satan en personne, c'est au moins son frère, dit à voix basse le capitaine Bekel au colonel. Il connaît notre affaire. Ne tenez pas la gageure.

Le colonel passa la main sur sa moustache, attira ses officiers à l'écart, et s'entretint avec eux. Quelques coups de feu, partis du milieu de la troupe des révoltés qui descendait la montagne, et le bruit de leurs tambours qui grossissait à chaque instant, mirent bientôt fin à l'entretien.

— Mon bon ami, dit le colonel à

3. 2.

Addrich, il est contre tous les usages de la guerre que vos gens marchent en avant tandis que nous sommes ici à négocier. Si vous voulez la paix, abstenez-vous du moins des hostilités.

— Nous ne voulons pas la paix, répondit Addrich, mais bien la guerre! Nous vous accordons un délai entre la reddition et la potence, qui durera jusqu'à ce que les piques de nos gens puissent atteindre vos côtes. Ainsi choisissez! Les paysans de Bâle sont en ce moment sous les armes comme nous, et ils règlent leurs comptes avec votre bourgemestre et vos conseillers.

—Est-il vrai que les troupes de Schaffhouse aient évacué Brugg? demanda le colonel après avoir réfléchi un moment.

—Aussi vrai que votre fin est proche.

Ils ont attendu l'arrivée des paysans de Zurich, comme la vache attend de l'herbe fraîche le jour de Noel.

— Malédiction ! dit le colonel en se tournant vers ses officiers. On nous avait annoncé que quinze cents Zurichois viendraient se ranger sous nos drapeaux à Aarau. Ce que nous avons de mieux à faire est de rentrer sur le territoire de Bâle. Mes enfans, nous vous épargnerons l'effusion du sang ! Accordez-nous une retraite paisible, et nous nous quitterons bons amis.

Cette proposition fit naître une longue discussion parmi les députés des paysans. Enfin ils y accédèrent tous, à l'exception d'Addrich. Il donnèrent leur parole au colonel, et se dispersèrent pour aller avertir leurs gens du traité qui venait d'être conclu. En même

temps les bannières de Bâle et de Mulhausen se portèrent derrière Aarau, le
long des coteaux de vignes, et se diri-
gèrent sur Erlinsbach. Les troupes armées de paysans les suivirent en longues lignes. De chaque côté, le long
des lisières des bois du Hungerberg, on
voyait des milices en désordre qui
précédaient en courant l'armée en retraite. Dans la vallée, devant le village,
on voyait étinceler les armes de la landsturm de Soleure.

L'armée de Zoernli gagnait en silence
les frontières. Elle fut forcée de faire
halte dans le village jusqu'à ce que les
bandes de l'Argovie et de Soleure se
fussent rangées en bataille, enseigne en
tête et drapeaux déployés. Pendant ce
temps, les femmes et les enfans du village se moquaient gaiement de l'effroi
des soldats, auxquels ils faisaient des ré-
vérences par dérision.

— Si nous nous étions fait hacher depuis le premier jusqu'au dernier, dit le colonel à ses officiers, cela eût mieux valu que de survivre à cette ignominie! nous serions morts du moins avec honneur.

— C'est ce que tu peux faire à l'heure même, lui dit une voix sourde. Addrich se trouvait à son côté.—Tu traînes avec toi un prisonnier, lui dit-il; cela ne convient pas à un vaincu. Vous ne devez pas emporter un nœud de paille de l'Argovie en signe de victoire. Ordonne sur-le-champ qu'on délivre ce jeune homme.

— Tu parles de bonne grâce, sire commandant de paysans, répondit le colonel. Mais, quand tu crierais comme une belette sur un toit, tes yeux écarlates ne m'effraieraient guère; je bats

en retraite, il est vrai, mais je ne suis
pas battu, comme tu le sais, et je suis
encore sûr de ma peau.

—Comme un pou entre deux ongles!
répondit Addrich avec un sourire amer
et en grinçant des dents; puis il traversa les rangs, l'épée haute, jusqu'à
l'endroit où était gardé le jeune Fabien
ab-der Almen. Il repoussa les soldats
qui l'environnaient, tira le jeune homme
de leurs mains, et lui dit : Tu es libre,
Fabien. Vois, mon garçon, ce sont là
tes amis des villes et leurs misérables
stipendiaires pour qui tu as pris parti,
fou que tu es! C'est là ta récompense!
Va, tu es libre; viens avec nous, ou
cours rejoindre tes Bernois; cela ne
m'intéresse guère. La bonne cause triom-
phera bien sans toi. Tu as eu du moins
l'avant-goût de ce qu'on te réserve.

—Je te remercie, Addrich! répliqua

Fabien. Peut-être avant peu te rendrai-
je le même service. Pour moi, rien ne
m'engagera à prendre parti pour vous
ou pour les villes. Tu connais ma pensée. Ne perdons pas de temps à bavar-
der là-dessus.

Tandis qu'ils parlaient ainsi, les ba-
taillons s'étaient mis en marche. Le
colonel Zoernli avait bien remarqué la
manière dont Addrich avait délivré le
prisonnier; mais sa prudence lui donna
le conseil de se taire, et d'ailleurs la
nouvelle scène qui eut lieu, et dans laquelle lui et les siens ne jouèrent pas le
rôle le plus brillant, absorba trop son
esprit pour qu'il portât son attention
sur autre chose.

A sa gauche s'étendait en une ligne
infinie la landsturm de Soleure; à
droite, celle de l'Argovie, tous bien en

ordre, bien bariolés, munis d'armes de
diverses sortes, et les bannières au vent.
Les tambours se firent entendre ; alors
les troupes de Mulhausen et de Bâle se
virent forcées de passer entre les rangs
des deux landsturms, comme dans une
rue, et de continuer leur route jusqu'à
la Schaffmatt, escortées par ces deux co-
lonnes, qui se mirent en marche et les
conduisirent comme des prisonniers.
Une multitude de peuple, de femmes,
d'enfans, de vieillards, fermait ce singulier cortége.

Fabien lui-même, entraîné par le tor-
rent, par la curiosité, ou peut-être par
le désir de ne pas éveiller les soupçons
en se tenant éloigné des bandes insur-
gées, marcha avec la foule jusqu'aux
maisons isolées de Weilers-Roor, si-
tuées au fond d'une petite vallée formée
sur la montagne même, au pied de la

partie qui devient escarpée. Là il se
glissa, sans être aperçu, entre les ca-
banes jusqu'au chemin qui conduit au
village de Stussling, au milieu de la
montagne, dans l'espoir de regagner
Aarau avant la nuit.

L'étroite vallée se resserrait encore
devant lui, à mesure qu'il avançait; et
bientôt elle devint si peu spacieuse
qu'elle ressemblait à une caverne obscure, au-dessus de laquelle s'élevaient
de chaque côté des pins dont les noirs
ramaux formaient une toiture épaisse.
Fabien aperçut quelques figures s'agiter
dans l'ombre: en approchant davantage,
il vit distinctement trois hommes armés, et vêtus d'un costume fort riche
et fort bizarre, qui s'entretenaient debout auprès de leurs chevaux. L'un
d'eux était un Maure couvert d'une su-
perbe pelisse de fourrures; l'autre por-

3. 3

tait un petit chapeau triangulaire, surmonté d'une longue plume, un surtout de chasse vert qui tombait jusqu'à ses genoux, était orné de boutons d'or et de boutonnières galonnées qui brillaient dans l'obscurité ; ses jambes étaient couvertes de bottes d'Espagne, relevées jusqu'aux cuisses. Le troisième, qui semblait le plus considérable, portait un bonnet de velours noir et une longue tunique de même étoffe qui lui eût donné l'apparence d'un prêtre romain, si l'on n'eût aperçu à sa ceinture le manche de nacre d'un poignard, délicatement incrusté d'argent.

CHAPITRE XXIV.

—

LA NUIT DANS LA MONTAGNE.

BIEN que sans armes, Fabien ab-der Almen s'avança courageusement dans l'obcurité du chemin creux, que les chevaux, le Maure, le prêtre et le chasseur obstruaient presque entièrement.

Comme il s'apprêtait à passer outre en
saluant et en jetant un coup d'œil dérobé
sur le singulier ajustement de ces étrangers, celui qui était couvert d'une sou-
tane de velours noir l'appela, en lui
criant: Eh! là, mon jeune gars! si vous
n'êtes pas trop pressé de continuer votre route, venez donner quelques conseils à des voyageurs égarés. Vous n'aurez
pas à vous en repentir.

— Vous avez perdu votre chemin?
Où prétendiez-vous vous rendre par ces
montagnes? demanda le jeune homme
en s'arrêtant.

— S'il était possible de le faire sans
ailes, je voudrais être au-delà de ces
montagnes et au-delà du Rhin, répliqua
le premier. Je suis étranger dans ce pays,
et je suis arrivé avant-hier seulement
de Bâle. J'avais laissé ces gens-là qui

sont les miens, au pied du Bas-Hauen-
stein, dans la petite ville d'Olten, pour
aller terminer quelques affaires que j'a-
vais dans l'Argovie. Lorsque je revins à
Olten, et que je me remis en route ce
matin pour Bâle, je rencontrai beaucoup
de fugitifs qui descendaient les montagnes, et qui m'engagèrent à retourner
sur mes pas, parceque, disaient-ils, le
peuple des campagnes était en pleine
révolte dans tout le territoire bâlois, et
qu'il n'y avait plus de sûreté pour les
voyageurs. Après quelque hésitation
nous avons suivi ce conseil; et comme
nous approchions, vers midi, d'Olten,
il en sortit des bandes de paysannes qui
nous prévinrent de ne pas entrer, parceque la ville était pleine de gens armés,
et les ponts gardés par les paysans insurgés, à qui tous les gens bien vêtus
étaient suspects. Nos yeux nous convain-
quirent bientôt de la vérité de ce rap-

port. Les paysannes, qui nous prenaient pour des commerçans de Bâle, nous indiquèrent un chemin à l'ouest sur les hauteurs, par lequel, bien qu'il fût assez mauvais pour les chevaux, il était facile d'atteindre les défilés du Benken ou de la Schaffmatt. Ainsi nous avons suivi la route pavée dans la montagne, qui nous a conduits jusqu'ici, où nous nous trouvons encore arrêtés par les mouvemens de troupes. Au-dessous de nous, dans la vallée, sur nos têtes au haut de la montagne, on voit passer des bandes armées : leurs hurlemens dans le lointain présagent à de paisibles voyageurs autant de sûreté que le rugissement du lion. Ou bien pensez-vous, jeune homme que nous pouvons nous risquer à nous fier à l'hospitalité de ces gens qui, après tout, ne nous ont fait aucune insulte.

—Messire, reprit Fabien, je ne vou-

drais pas charger ma conscience de ce
qui pourrait vous arriver, par une parole
inconsidérée. Faites ce que vous voudrez ; mais demandez plutôt l'hospitalité aux renards et aux blaireaux de ces
gorges, qu'à ces paysans animés d'une
rage aveugle et stupide.

—Quel est le chef et le commandant?
demanda l'étranger. Je pourrais m'a-
dresser à lui.

— Un peuple sans autorités et sans
lois a autant de chefs qu'il compte d'in-
dividus, répliqua le jeune homme. Un
d'entre eux, que je connais, serait sans
doute, s'il le voulait, en état de vous
protéger ; mais...

—Je ne regarderai pas à quelque argent. Où le trouverai-je ? Comment se
nomme-t-il ?

—On le nomme Addrich des Mousses. En disant ces mots, Fabien crut
remarquer que l'étranger, qui le regardait d'un air pensif, avait fait un mouvement subit. Il ajouta : Le connaissez-
vous déjà ?

—J'ai entendu parler de lui, si c'est
le même qui s'est établi là-bas, de l'autre
côté de l'Aar, répondit négligemment
l'étranger en étendant sa main dans la
direction qu'il indiquait. Hier j'ai entendu répéter souvent ce nom dans les
auberges, au milieu du choc des verres,
des dés, et au bruit des querelles. Mais,
par tous les saints du ciel ! je crois que
l'homme y gagnerait si son nom était
moins célèbre. Je ne voudrais pas mettre
mon cheval dans son écurie, encore
moins ma vie dans ses mains.

—Cela peut être, messire, répondit

l'ami d'Addrich. Je le connais, moi;
c'est un des malheureux dont Dieu seul
pourrait dire du bien.

— Comment l'entendez-vous, jeune
homme? Du poison est du poison; et
l'homme doit le repousser, bien que le
Créateur sache quelle vertu médicale il
y a mêlée. Selon votre opinion, il en est
à peu près ainsi de cet Addrich.

—Messire, je pense seulement que
nous ne pouvons pas juger d'après les
bavardages du peuple. Il n'y a pas dans
le monde de route plus tôt construite
et mieux battue que celle par où
passent les médisances et les propos, et,
croyez-moi, il n'y en a pas qui nous égare
plus facilement. Faites comme vous
l'entendrez. Moi-même, je ne voudrais
pas vous conseiller en ce moment de
prendre Addrich pour protecteur.

—Mais que ferons-nous cette nuit, moi et mes gens, jeune homme, puisque je ne puis ni avancer ni reculer?

—Messire, à mon sens, vous feriez bien de vous retirer sous le premier toit qui s'offrira à vous, à moins que vous n'aimiez mieux passer la profonde rivière d'Aare à la nage ou escalader ces rochers à pic. Un soulèvement populaire est comme les torrens des montagnes après l'orage, qui roulent vitement et sèchent plus vite encore. Attendez un peu sur la rive, et demain peut-être vous passerez sans mouiller seulement la semelle de vos bottes.

—Jeune homme, votre conseil n'est pas dépourvu de sagesse; mais n'oubliez pas que je suis étranger dans le pays, et que j'ignore entièrement où trouver une auberge ou un village. Et voila la nuit qui approche à grands pas.

—Messire, je ne connais guère mieux que vous le canton où nous sommes, et je cherche également un abri. Les nuits de mars sont froides au haut des montagnes. Mais je pense que dans les dispositions ou se trouvent les paysans, il vaut mieux éviter les villages et les auberges que les chercher, et préférer quelque grange isolée dans la montagne, en quelque lieu que nous la trouvions. Si ce parti vous convient, suivez-moi.

Les étrangers remontèrent à cheval. Fabien marcha devant eux d'un pied léger le long du chemin creux ; le maître venait immédiatement après lui, suivi de son Maure. Le chasseur fermait la marche, précédé d'un mulet chargé de bagage, qu'il chassait devant lui. A l'extrémité du chemin, se trouva une montée déserte et sauvage qui se changea, après quelques momens de marche, en

un petit plateau dépouillé, sur lequel
la montagne jetait son ombre vers la
droite. Parvenus à l'horizon, ils aperçurent un noir pic de rocher au haut duquel
s'élevait le château de Wartenfels. A
gauche, brillaient sous le rideau du ciel,
colorées par le soleil couchant, les lé-
gères aiguilles du Gletscher qui dispa-
rurent bientôt sous un nuage grisâtre.

En cet endroit, Fabien abandonna
le chemin tracé, et se dirigea à travers
les broussailles vers les montagnes qui
s'élevaient à gauche; puis il pénétra dans
une gorge boisée au milieu de laquelle
il croyait avoir aperçu quelque chose de
semblable à une hutte. Les cavaliers le
suivirent lentement et avec précaution,
tenant entre eux à voix basse un colloque
que Fabien ne put comprendre. Il lui
sembla qu'ils se parlaient dans une
langue étrangère.

Enfin ils aperçurent parmi les broussailles qui avaient poussé entre des ro-
ches écroulées de la montagne, un toit
de chaume à demi-ruiné, supporté par
des troncs d'arbres, et qui semblait avoir
été élevé pour mettre le bétail à l'abri
de l'inclémence de l'air. Tandis que les
cavaliers mettaient pied à terre, Fabien
examinait le bâtiment en en faisant le
tour, et il apporta la joyeuse nouvelle
qu'il était habité. Ils conduisirent les
chevaux dans une écurie abandonnée et
suivirent leur jeune guide dans l'intérieur de la maison. Mais aucune voix ne
s'éleva pour leur donner la bien-venue.

Ils entrèrent, en se baissant, sous une
porte basse, dans une petite chambre
enfumée, où une sale paysanne et quelques marmots des deux sexes étaient
assis auprès d'un gros homme vêtu
comme les bourgeois des villes, tous,

les yeux fixes., silencieux et immobiles comme des momies. Pas une tête ne remua, pas un regard ne se détourna, aucune bouche ne répondit au bonsoir de Fabien. Tout-à-coup leur vue se porta sur le visage du Maure, dont les yeux et les dents contrastaient, par leur éclat, avec sa couleur brune intense. Jésus Maria! Joseph et saint Ours! fut le cri général; et au même moment, femme, enfans, tous se levèrent de leurs siéges, et se précipitant hors de la chambre avec la rapidité de l'éclair, s'enfuirent à toutes jambes dans la plaine. Le gros homme se leva avec la même précipitation, et s'élança à travers la petite fenêtre.

Bien qu'au premier choc le châssis vermoulu eût cédé de toutes parts et fût tombé en morceaux, le cadre étroit de la croisée se refusa à livrer passage à la respectable dimension qu'offrait le ventre du fugitif. Cependant Fabien s'était mis à la poursuite des autres fuyards ; mais aucun d'entre eux n'eut égard à ses cris. Il fallut bien alors s'adresser à celui que la fenêtre retenait comme une bonne proie.

· Le prisonnier n'avait pas épargné les mouvemens pour se rendre libre, les secours des assistans ne lui manquèrent pas non plus. Mais lorsque enfin tous les efforts réunis n'eurent pu parvenir à le faire avancer, ou reculer d'une ligne, il dit en gémissant : Mes bons sires, je vous remercie, mais la fouine est trop grosse pour le terrier ; je tiens là ferme comme un bouchon cassé dans le goulot d'une bouteille. Si vous n'abattez pas toute la muraille je resterai jusqu'au jour du jugement dernier dans ce trou de souris. Je sens même que ce piége de sorcière se rétrécit à chaque moment.

Les assistans ne purent se défendre de rire aux éclats. Le prêtre ou le marchand seul, qui était resté spectateur inactif, ne changea pas de visage, et lui dit : Comment avez-vous fait pour passer votre tête là-dedans, avec vos larges épaules ?

— Oui, oui, si l'on se souvenait de tout on serait bien savant ! répondit le patient en poussant un soupir. Vous avez beau jeu de rire, vous autres. Celui qui porte le dommage ne s'occupe guère de badinage. Mais, aussi vrai que je respire encore, tant bien que mal, ma mère ne m'avait pas procréé pour faire de moi un volet de fenêtre. Allons, messires, remettez-vous un peu à l'œuvre ; il ne faut pas accrocher le fléau avant d'avoir battu le grain.

On fit de nouvelles tentatives pour le délivrer, et les efforts durèrent encore

un quart d'heure, avant que les tirail-
lemens et les ébranlemens continuels
ne l'eussent arraché de son trou, comme
un coin d'un panneau.

— Je ne suis pas cependant, de ma
nature, un lièvre, dit l'homme en re-
prenant haleine et en rabattant son
pourpoint chiffonné sur son large ventre. Si tous ces sots paysans ne s'étaient
pas tous enfuis comme des carpes dans
l'eau, à la vue de cette figure noire,
du reste assez belle, je n'aurais pas seulement passé mon petit doigt par la fenêtre. Il y a huit jours, on m'aurait
plutôt tiré la peau des joues sur les
oreilles que le bas de mon pourpoint
par-dessus ma fraise; mais je deviendrai
un squelette avant que de revoir Aarau.
L'inquiétude et les soucis dévorent plus
de lard que mille souris. Si vous m'a-
viez vu, il y a seulement huit jours,

3.   3.

messires, vous auriez peine à me re-
connaître.

— Vous venez d'Aarau ? et depuis
quel temps avez-vous quitté cette ville?
demanda le maître du Maure, moins
par intétêt que pour demander quelque
chose.

— Si vous aviez jamais été à Aarau,
messire mon ami, vous auriez entendu
parler de moi. Je suis le ménétrier et
maître-chanteur Henri Wirri, ou plutôt
je ne suis que son esprit, que son ombre.
Il y a bien quatre..., cinq..., six jours,
— et en vérité, un malheur ne vient
jamais seul ; voilà que ma mémoire
maigrit aussi ! — que j'ai entrepris un
petit voyage auprès du seigneur Mey de
Rued, pour être agréable à mon vénérable sire le doyen Rusperli ; depuis ce
temps...

Le questionneur l'interrompit, en le

priant de remettre sa réponse à quelques
momens, car la nuit devenait sombre ;
la maison n'était pas fort hospitalière.
Chacun d'eux s'y trouvant étranger, il
leur proposa de se charger du rôle de
l'hôte. Alors il dit quelques mots en
langue étrangère à son chasseur et à son
Maure, qui s'éloignèrent aussitôt. Tandis que l'étranger et le maître-chanteur
continuaient à s'entretenir dans l'obcurité, Fabien sortit aussi de son côté,
pour empêcher l'air de pénétrer dans la
chambre ; il replaça les débris de là fenêtre dans le châssis, comme il put, et
ferma le volet extérieur : puis il se rendit dans l'écurie, où il aida les gens à
desseller les chevaux, et jeta du foin
du grenier dans le ratelier, tandis que
le chasseur allumait une lanterne de
voyage, et que le Maure portait à plusieurs reprises, dans la petite chambre,
la charge du mulet. Une grande lan-

terne qu'on trouva dans la cuisine fut
également allumée, et posée au milieu
de la table, sur laquelle le Maure étendit un tapis élégant, où il plaça des
viandes froides et de la pâtisserie. Un
joli baril à six mesures, entouré de
cercles dorés, et deux gobelets d'argent y furent également placés.

Nul de tous les assistans n'observait
ces agéables préparatifs avec plus de
satisfaction que le ménétrier d'Aarau,
bien qu'il cherchât à dissimuler sa joie
sous un air d'indifférence, et par des
questions entièrement étrangères à l'ob-
jet qui l'occupait. Il n'attendit plus que
l'invitation de son hôte pour faire les
complimens d'usage et commencer l'attaque, lorsqu'il fut désagréablement
surpris par un silence profond qui se fit
autour de lui. L'amphitryon et sa suite,
la tête baissée et découverte, s'étaient

mis en devoir de prononcer le *benedi-
cite*. Fabien avait suivi aussi leur exemple; Wirri ne voulut pas non plus rester
en arrière; mais il commença trop tard,
et n'ôta sa barrette que lorsque les autres
se couvraient de nouveau, et faisaient,
à l'exception de Fabien, le signe de la
croix sur leur bouche, leur front et leur
poitrine, donnant ainsi à connaître leur
attachement aux doctrines de l'église
catholique romaine.

On procéda alors au repas. Le Maure
et le chasseur se tinrent debout derrière
leur maître, pour le servir, et plonger
de temps en temps dans l'eau le gobelet
d'argent dont Fabien et Wirri se ser-
vaient alternativement, et qu'ils rem-
plissaient de vin quand l'un d'eux l'avait
vidé.

—Encore un coup, maître Wirri;

dit l'étranger en levant son gobelet, et interrompant les louanges que le maître-chanteur donnait à l'invention de cette cuisine portative ; dites-moi, car vous ne vous êtes pas expliqué là-dessus quand nous jasions dans l'obscurité ; en supposant que vous eussiez réussi à enlever Epiphania de la maison d'Addrich, et à gagner avec elle le château de Liebegg, l'eussiez-vous ensuite menée au château du chevalier Mey, ou l'eussiez-vous conduite au doyen d'Aarau ? Qui vous avait chargé de cette mission ?

—Hem ! répondit le ménétrier, alors comme alors, cela dépend des circonstances qui seraient arrivées. Je vous ai déja dit, et s'il n'avait pas fait obscur comme dans un four, vous l'auriez sans doute entendu, que ce vieux sorcier m'avait enfermé, et que je n'ai pas seulement aperçu la jeune fille.

— Mais je pose le cas, si vous eussiez réussi à l'enlever, où l'eussiez-vous conduite alors?

— Ce cas, messire, n'est pas le cas de tout le monde. Si j'avais vu la pauvre orpheline, et que, par supposition, je lui eusse plu et qu'elle m'eût plu, croyez-moi, il y aurait eu des cas merveilleux. Jaurais bien pu penser que quand on a le cornet en main, il faut le vider, et que tenir vaut mieux que courir. Vous saurez que je suis encore vert; que le chevalier a son affaire, et que le doyen a eu la sienne; vous m'entendez. Il fait bon prêcher aux savans, mon révérend père. Allons, votre rôti et vos pâtés sont d'une excellence qualité! Choquons encore une fois nos verres, mon digne père; l'argent ne sonne pas si bien que le cristal, mais il ne se casse point du moins. Du vin de Saint-Michel, ma foi! du vin de seigneur!

— Vous vous trompez, maître, je ne suis pas un ecclésiastique, mais bien un laïque.

— L'un ou l'autre, marteau ou enclume, qu'importe? Trinquons, messire... anonima, anonimo. Vos parrains demeurent dans la chrétienté, j'imagine!

— Appelez-moi comme vous voudrez. Je me nomme don Nardo, ou Grœnkerkenbosch, d'après le nom de mes possessions des Pays-Bas.

— Celui qui prétendrait que votre nom est agréable à prononcer, messire, celui-là aimerait mieux entendre les grenouilles que les alouettes. Mais, pour éviter à mon gosier une entorse ou un enrouement, permettez que, du moins en mangeant, je préfère votre premier nom... Comment dites-vous

donc déjà ?... Bombardo ? Bombarde-
ment?

— Don Nardo.

— C'est cela, messire mon ami! ainsi
trinquons. A votre prospérité! De quoi
parlions-nous donc déjà ?

— A qui auriez-vous conduit la jeune
fille en sortant de la maison d'Addrich,
si...?

— C'est juste ; cela se comprend. En
droite ligne, comme nous l'avons déjà
dit, à Aarau, dans la maison du poète
qui n'a eu jusqu'ici de commerce, en
tout bien tout honneur, qu'avec les
neufs sœurs célestes, mais qui chan-
gerait toutes les Muses ensemble pour
avoir la chair de sa chair, les os de ses
os. En supposant qu'elle m'eût convenu
seulement moitié autant que la bonne
Aenneli qui m'a servi de si bon jambon

3.   4

dans la caverne de voleurs d'Addrich,
la chose se serait passée pour le mieux.

— Et son consentement?

— Hem! Digne sire Tonnerre... ou
Tonnerdo..., un ver à l'anguille, un
mari à la fille, elles mordront à l'ha-
meçon, comme on dit. Je connais cela.
Épouser n'est pas si dur que battre en
grange, quand on est jeune.

— Je voudrais vous décider à tenter
de nouveau cette entreprise, maître, si
vous vous en sentiez le courage. Je
prends beaucoup d'intérêt à vous. D'a-
près ce que m'a dit le jeune homme que
voilà, Addrich est justement éloigné de
sa demeure. C'est maintenant ou jamais
que la chose peut réussir, et qu'il est
possible de délivrer cette malheureuse
fille. Essayez-le. S'il faut de l'argent

pour cela, il s'en trouvera. Que dites-
vous? Vous sentez-vous cette envie?

—Croyez-moi ou ne me croyez pas,
je suis à toute heure et en tout temps
l'homme qui prendrait le diable dans
son nid, digne sire Tonnerrebarbe, et
qui lui marcherait, s'il le fallait, sur la
queue. Mais...

—Ne parlez pas si haut, maître, dit
Fabien en riant. Personne ne doute de
votre courage; mais Bélial pourrait méchamment vous prendre au mot. Il
dresse l'oreille seulement quand on
songe à lui.

Le ménétrier fit un bond involontaire
sur son siége, jeta des regards timorés
autour de lui, et dit à voix basse:— Eh
bien! vous n'avez pas tort. Il ne faut
pas provoquer le démon, il vient sou-

vent sans qu'on l'appelle. Mais tout ce qu'on dit auprès d'une bouteille de bon vin, n'est pas parole d'Évangile. Je voulais seulement dire que, pour une tonne d'or, je n'entreprendrais rien contre Addrich, surtout dans ces temps de désolation, où lui et ses coquins de paysans jouent les maîtres, et peuvent couper le nez et les oreilles et crever le ventre à un honnête homme. Mais ils n'ont pas encore autant de choses dans leurs sacs qu'ils en ont dans leur tête.

— Comment le doyen d'Aarau vous accueillera-t-il, reprit le seigneur de Grœnkerkenbosch, si vous revenez sans avoir rempli son message? Un homme d'honneur, comme vous paraissez l'être, doit tenir sa parole.

—C'est juste, messire mon ami! Cependant à l'impossible nul n'est tenu. Je lui dirai nettement : Il ne faut pas vouloir couper l'herbe le jour qu'on la sème. L'empereur lui-même ne peut que ce qu'il peut. —Mais, vous autres qui êtes là derrière moi, mouillez-moi donc un peu ce gobelet; il est sec comme un nid de hannetons.

—Maître, reprit le seigneur de Grœnkerkenbosch, à votre place, je ne voudrais pas avoir fait pour rien cette longue route.

— Cela peut être; mais le meilleur chasseur et le meilleur chien sautent plus d'un fossé inutilement.

—Le chevalier Mey vous eût fait riche pour le reste de vos jours.

—Oh! oh! riche! Une souris grasse dans une église, une hirondelle blanche

et un riche musicien, voilà trois choses
qu'il ne faut chercher qu'en paradis.
Quand tous les arbres de la forêt Noire
viendraient à mourir, je n'hériterais pas
d'une pomme de pin. Non, non, je ne
suis pas venu coiffé au monde, et le
grand Mogol me donnerait tout son
trésor, qu'il n'en resterait bientôt rien.

—Laissez-moi vous parler, maître.
Souvenez-vous qu'Addrich est absent, et
que les passages vous sont ouverts. Ne
revenez pas auprès du doyen sans la
jeune fille. Tentez encore une fois l'a-
venture. Que craignez-vous d'Addrich?
Il est, dit-on, à la tête des routiers, et
il aura peine à se tirer sain et sauf de
cette affaire!

—Non, non, messire; celui-là est
comme les chats. Jetez-le comme vous
voudrez, il retombera toujours sur ses

jambes. Et quand il aurait tout le pays sur son dos, il n'étoufferait pas plus pour cela qu'un rat sous une meule de foin. Non, non, je le connais maintenant, et je ne veux pas porter moi-même ma peau à l'écorcheur.

— Mais il pourrait se trouver des gens qui ne vous laisseraient pas dans l'embarras, maître.

— Oh ! sans doute, quand le chariot roule on y monte volontiers ; mais quand il verse, chacun se sauve. Je connais le monde, messire, et j'ai de l'expérience.

Pendant ce colloque, qui se prolongea encore fort long-temps sur le même ton, Fabien demeura frappé de surprise d'entendre parler ainsi deux hommes de l'enlèvement d'Epiphania. Ils lui semblaient tous deux être les personnes dont Addrich lui avait parlé dans ses récits durant la route qu'ils avaient faite ensemble de Kulm à Suhr et sur le Goenhard : Wirri, le messager du chevalier Mey, et don Nardo, cet inconnu qui avait envoyé aux Mousses la femme de Sion, avec de riches présens. Mais que pouvait-il y avoir de commun entre un catholique néerlandais et le vieux doyen d'Aarau? se disait le jeune homme. Pourquoi faire de si magnifiques présens à Epiphania? Avait-il des vues sur cette jeune fille, et aurait-il aveuglé le vieux doyen avec son or et son air dévot?

Fabien, dont le cœur battait plus violemment à mesure que la conversation se prolongeait, ne détourna pas les yeux du mystérieux don Nardo. C'était un homme qui paraissait avoir atteint la quarantaine, mais qui portait encore

toute l'expression de la jeunesse sur ses
traits fins et pâles. D'une stature mo-
yenne, d'une taille mince et alongée, il
pouvait encore passer pour un jeune
homme, en dépit de ses cheveux rares
et de la calvicité de son front. Une cicatrice rougeâtre, trace d'une blessure
qu'il avait reçue à la joue gauche, ne le
déparait même pas. Les traits de son
visage décelaient encore moins que son
corps son âge véritable. Ils étaient ré-
guliers, mais entièrement dépouvus
d'expression ; et ils semblaient n'avoir
jamais été troublés par la violence des
passions. On aurait pu jurer que cet
homme n'avait jamais pleuré ou souri
dans sa vie ; on s'apercevait à ses discours qui n'étaient ni tristes ni joyeux,
qu'il vivait dans une indifférence profonde, et que rien n'était capable de
l'émouvoir. Son regard même avait
quelque chose de passif et d'éteint, sa

voix était monotone; et son accent un
peu traînant indiquait que, pour lui,
parler était un effort et une peine.

Lorsque l'amant d'Epiphania eut
épuisé toutes les ressources de son in-
telligence pour se rendre compte des
vues de ce personnage, il s'avisa de fein-
dre le sommeil pour exciter la loquacité
de ses compagnons. Il se leva de sa place
en bâillant, fit un amas des habits de
paysans qui se trouvaient dans la hutte,
pour s'en servir en guise d'oreiller, et
s'étendit sur le carreau en souhaitant
une bonne nuit aux deux convives. Mais
il se trouva complètement déçu dans son
espoir, car don Nardo fit emporter les
restes du repas, et s'éloigna doucement
avec maître Wirri et ses gens, pour aller
se chercher un lit sur le foin.

CHAPITRE XXV.

—

NOUVELLES ENIGMES.

FABIEN se trouva bientôt dédommagé de ses espérances déçues, par la bienfaisante main du sommeil ; les songes les plus doux vinrent le bercer le matin, et le transportèrent dans le riant pays des fées, où le mendiant possède des palais, où

la jeune mère désolée revient folâtrer
joyeusement avec l'enfant qu'elle pleu-
re, où chaque soupir trouve une consolation, et où les cœurs pleins de désirs
rencontrent des cœurs pleins d'amour.
On devine facilement quel ange Fabien
trouva dans cet Eden toujours vert au
milieu de hautes montagnes, de vallées
fleuries, et près des torrens écumeux,
dans une nature telle enfin qu'elle s'é-
tait offerte à ses yeux aux beaux jours de
son enfance. Mais le dieu des songes se
montra cette fois, envers Fabien, plus
complaisant et à la fois plus rigoureux
qu'il ne l'avait jamais été, car le jeune
homme, conduit par sa baguette légère
aux lieux qu'Epiphania affectionnait
jadis, dans le vallon délicieux où la
source du Simmen s'échappe en gerbes
limpides des pyramides neigeuses du
lac Horn, aperçut pour la première
fois la compagne de ses jeux sous un

aspect qui le glaça de respect et d'effroi.
Ses formes délicates semblaient un composé de lumière, son enveloppe terrestre
était si légère qu'elle paraissait en quelque sorte diaphane, et trahissait la nature
céleste de cette délicieuse créature. Un
charme divin régnait dans ses regards
qu'embellissait encore un doux sourire,
et sa chevelure bouclée, qui se jouait
autour de son front, semblait une au-
réole descendue du ciel sur sa tête.

Cette découverte que Fabien ne fit
qu'à l'aide d'un rêve, ne paraîtra sans
doute merveilleuse qu'à ceux qui ne con-
naissent point les secrets de l'âme. Fabien n'avait jamais vu dans Epiphania
qu'une sœur tendre et chérie; et quel est
le frère qui songe à admirer la beauté
de sa sœur! Le jeune ab-der-Almen sentit son cœur battre avec violence à la vue
de tant de charmes : Fanely! Fanely!

s'écria-t-il dans son rêve; quel est le nouveau sentiment que j'éprouve? Mes yeux étaient-ils donc fermés à la lumière? Que tu es ravissante, que tu es inexprimablement belle! — Mais elle se détourna de lui en souriant d'un air triste : Veux-tu m'affliger aussi, Fabi? dit-elle. Ne pourrions-nous vivre ensemble sans nous tourmenter? Renold me tient sans cesse ce langage, et il sait cependant que je l'entends avec peine. — Elle parlait encore, lorsque le beau Suédois qu'elle venait de nommer sortit des rochers. Fabien sentit une vive douleur déchirer sa poitrine à cette apparition. C'était le tourment de la jalousie qu'il ne connaissait pas encore. Cette commotion le réveilla. La douleur lui resta; mais il garda le souvenir de la beauté d'Epiphania. Il se leva sur son séant et se frotta les yeux. La lumière du jour

qui pénétrait à travers les fentes du volet
de bois, éclairait la misérable chambre.
Fabien fit un soupir, et encore à demi
endormi, il sortit de la hutte.

La vue du ménétrier qui était occupé
près d'une source à passer ses doigts, en
guise de peigne, dans sa chevelure, lui
rappela la conversation de la veille. Il
s'approcha vivement de Wirri, et lui
dit : Avez-vous passé une bonne nuit?
avez-vous eu beaucoup de rêves ?

—Bien et beaucoup, cela ne va guère
ensemble! reprit Wirri. Vous voyez que
mon lit de plumes avait poussé dans les
champs; il faut bien que je me débar-
rasse de l'édredon qui m'est resté à la
tête, si je veux que les vaches affamées
me laissent tranquille. Notre sire Don-
durdo dort encore auprès de son diable
noir, qui m'a arraché hier la moitié de

mon pourpoint en me tirant de la fenêtre. Dites-leur à tous le bonjour pour
moi ; je vais prendre la route sous mes
jambes.

—Encore un mot, maître! Vous étiez
il y a peu de temps aux Mousses, chez
Addrich? Comment Epiphania reçut-elle
le message du seigneur de Rued? lui
sembla-t-il agréable?

Comme l'arc-en-ciel à un aveugle.
Je ne l'ai pas vue, et elle ne m'a pas entendu. Que le diable emporte cet Addrich avec son nez rouge! Si l'on voulait faire quelque chose de bon avec cet
homme-là, il faudrait commencer par
le tuer raide!

—Ainsi vous n'êtes pas tenté de re-
commencer le voyage, et de vous rendre
aux désirs du seigneur de Grœnkerkenbosch?

— Aucunement, messire mon ami ; je n'ai pas volé ma peau, moi ; qu'il porte la sienne au marché si elle ne lui coûte pas cher. Le vieux renard ne s'est-il pas imaginé hier que j'allais faire tout ce qu'il voulait, retourner encore une fois dans le trou des Mousses. Il me promettait des monts d'or. Autant vraiment se faire attacher par les cornes. Mais bonsoir ! j'avais plus d'une excuse ; c'est une pauvre souris que celle qui n'a qu'un trou. Qu'il y aille lui-même. Ses désirs sont trop longs pour mes courtes jambes. L'homme des Mousses est un fin matois ; et s'il m'arrivait quelque malheur, notre sire Dobardo finirait encore par se moquer de moi. Et d'ailleurs que pourrait-il faire ? Quand le chat a mangé le lard, on le chasse trop tard. Je retourne à Aarau, et je dirai à mon révérend doyen : Pour cette fois il faut tirer la planche. On dit plus d'une messe

3.   4.

sans musique. Quand la haie n'a pas
de trou, personne n'y passe; et ceux qui
veulent tenir la roue s'exposent à tomber dans la boue.

— Maître, vous parlez en homme
sage. Mais quel intérêt peut prendre cet
étranger à l'enlèvement de la nièce d'Addrich? Avez-vous remarqué comme il
écoutait votre récit avec attention?

—Il avait l'air de n'y prendre inté...
qu'à cause de moi, et de vouloir seulement me tenir l'échelle pour monter au
lit de noces (1); et cela m'excitait, car
on dit que la filleule du doyen est ver-
tueuse et belle. Mais il me semblait à
chaque instant comme si j'entendais la
voix du renard, et je me disais : On en

(1) Les lits sont d'une hauteur si démesurée, en
Suisse, qu'on se sert d'une échelle pour y monter.
(*Trad.*)

prend plus d'un pour un âne, qui n'en
a que le bât.

—Bien dit, maître. Cet homme m'est
suspect. Je soupçonne qu'il a vu la
jeune fille quelque part, et que le vieux
pêcheur a pris feu sans songer qu'à son
âge on est de bois mort. Qu'en pensez-
vous?

—C'est possible. On veut bien devenir vieux, mais on ne veut pas l'être.
Cependant ,

> Jeune femme à vieux mari,
> C'est noix dure à croc pourri.

Bref, je refusai et rompis l'entretien
à mi-jambe. Il fit alors une grimace
comme s'il avait mangé de l'oseille sû-
rette, et puis il se tourna de l'autre côté
sur le foin, et me souhaita une bonne
nuit. Souhaitez-lui en échange un bon

jour; car j'ai hâte, et je me rends à
Aarau aussi vite que deux semelles pourront courir. Adieu, messire mon ami;
portez-vous bien !

A ces mots le ménétrier prit à gauche
et traversa la plaine sans s'inquiéter des
cris de Fabien qui le rappelait. Pres-
qu'au même moment, le seigneur de
Grœnkerkenbosch parut, accompagné
de ses gens; il aperçut à quelque dis-
tance le maître-chanteur, et l'appela à
son tour. Mais Wirri continua de marcher à grands pas, sans détourner la
tête. Au contraire Fabien, qui ne voulait
pas quitter le Néerlandais sans avoir l'ex-
plication d'une énigme qui lui sembait
concerner son repos et celui d'Epiphania, s'approcha de lui en le saluant,
et lui adressa quelques remerciemens
polis pour l'hospitalité qu'il avait si gé-
néreusement exercée la veille.

Puis, il ajoute sans aucun détour :
Avant que nous nous séparions, don
Nardo, daignez répondre à une question.
Quel dessein formez-vous sur la nièce
d'Addrich? Ces discours que vous avez
tenus hier au ménétrier d'Aarau me font
penser qu'il vous importe de la tirer des
mains de son oncle pour la remettre
dans celles du doyen.

—Hem! en effet, j'y prends quelque
intérêt! répliqua le seigneur Grœnkerkenbosch avec son insouciance ordinaire, tandis que Fabien fixait sur lui
des regards scrutateurs.—Vous-même,
ajouta-t-il, vous n'avez pas chanté hier
la louange d'Addrich. Cette pauvre in-
nocente fille excite ma pitié. Je voudrais
la savoir libre.

—Pardonnez-moi, messire, il me
semble que vous voudriez davantage ;

car vous poursuivez cette jeune fille par
toutes les voies, et non pas d'hier seulement. N'avez-vous pas envoyé à la nièce
d'Addrich, par une femme de Sion, un
voile précieux, des perles d'Orient et
dix ducats de Venise? A moins d'être un
fou prodigue, on ne fait pas de tels présens sans motif. Si cependant vous avez
des vues loyales, vous pouvez me les
confier et compter sur mes services.

—Jeune homme, répondit le Néerlandais sans manisfester la moindre émotion, je puis sans doute assurer et prouver que mes vues sont pleines de loyauté;
mais j'ai besoin de vous connaître plus
intimement pour savoir si je puis me fier
à vous. Au reste, votre visage honnête et
franc vaut une bonne lettre de créance.
Si vous consentez à me servir, vous ne
trouverez pas en moi un ingrat.

—Et qu'exigez-vous, messire?

—Rien que la délivrance de cette malheureuse enfant des mains d'un homme si décrié. Sa délivrance! La voie la plus prompte sera la meilleure! Je vous dirai plus. Peu importe qu'elle soit conduite au doyen d'Aarau, à quelque autre, ou à moi-même.

— A vous, don Nardo? Connaissez-vous cette Epiphania?

Le Néerlandais examina un moment en silence le jeune homme, et répondit d'une voix ferme: Je la connais, et très intimement!

—Vous, don Nardo? Je vous prends là sur une fausse route! Si vous la connaissiez, vous n'imagineriez pas qu'elle consentirait à abandonner son oncle pour se lier à un étranger. Elle n'a jamais entendu parler de vous.

—Croyez-en ma parole, jeune homme; elle me connaît aussi.

Don Nardo dit ces paroles d'une voix si grave et avec tant d'assurance, que Fabien, qui se disposait à répondre, demeura muet et recula d'un pas ; mais bientôt son embarras se changea visiblement en humeur, et il sembla se disposer à quitter l'étranger. Il lui jeta un regard plein de mépris et s'écria : Oui, vous pouvez la connaître... L'épervier connaît aussi la colombe au-dessus de laquelle il décrit des cercles dans l'air jusqu'à ce qu'elle ait quitté le toit qui la protége; mais la colombe ne le connaît pas. Jamais votre nom n'est venu jusqu'à ses oreilles; jamais il ne s'est échappé de ses lèvres. Savez-vous que je suis le frère d'Épiphania ?

La violence de Fabien ne changea rien

au visage calme du Néerlandais. Il lui
répondit avec le même sang-froid que
s'il eût été question de la pluie ou du
beau temps : Jeune homme, ne payez
pas ma curiosité par un mensonge. Bien
qu'étranger dans ce pays, je connais
votre fausse monnaie : Epiphania n'a pas
de frère.

—Non pas un frère de parenté; mais...
Fabien balbutia et se sentit embarrassé
comme on l'est en proférant un mensonge.

— Au reste, ajouta-t-il comme pour
cacher son embarras sous sa colère, ou
plutôt parcequ'il éprouvait une humeur
réelle : au reste, qu'ai-je affaire avec vous,
et quel droit avez-vous de connaître mes
rapport avec cette jeune fille?

— Doucement, doucement, jeune

homme! Remarquez bien que je ne
vous ai demandé aucune confidence.
Pour ce que vous êtes, on devine : vous
êtes sans nul doute le prétendu favorisé.
Le portrait qu'on m'a fait de vous est
assez fidèle. Avec une démarche hardie
et une figure comme la vôtre, le cœur
d'une jeune fille se laisse bientôt gagner.

— J'espère, dit Fabien d'un ton me-
naçant, et en avançant de deux pas,
j'espère que votre intention n'est pas de
vous moquer de moi, messire !

— Au contraire, jeune homme ! répliqua l'étranger avec un calme parfait.
Je bénis le hasard qui nous a réunis.
Nous devons nous rapprocher l'un de
l'autre. Si vous m'aidez à parvenir à mon
but, peut-être... vous aiderai-je à parvenir au vôtre. Délivrez Epiphania, ensuite nous compterons ensemble.

—Vous nous prenez dans ce pays, à ce qu'il me semble, pour de pauvres diables bien sots. Hier, vous parlâtes à peu près de la même sorte au ménétrier. Qui vous a donc donné le droit de disposer de la main d'Epiphania ?

—C'est ce que vous pourrez apprendre par la suite, et vous pouvez compter qu'Epiphania, du moins, ne méconnaîtra pas ce droit.

— Allons, c'est assez, seigneur de Grœnkerkenbosch, c'est assez ! ne perdons plus une parole à ce sujet, que je ne m'abandonne pas à ma colère ! dit Fabien, les yeux animés de fureur. —Qui êtes-vous, vous qui osez me prendre pour votre jouet ?

— Doucement, jeune homme, doucement. Il ne s'agit ici de rien moins que d'un jeu. Vous pourriez voir à mon visage que je ne suis pas un bouffon. Ce que vous êtes, je le sais; mais ce que je suis...

— Je le sais aussi. Un Espagnol des Pays-Bas qui croit pouvoir jouer le maître en Suisse avec son sac d'argent; un catholique, peut-être un prêtre déguisé, qui a besoin d'une jolie fille pour gouvernante. Partez, avant que ce bras ne vous rompe les os, et allez chercher parmi vos dévotes quelque autre emplâtre pour la plaie que vous cause votre serment de chasteté!

— Jeune homme! s'écria don Nardo, en qui l'impassibilité fit place tout-à-coup à une colère sombre; jeune homme, je pardonne à la fougue de votre jeunesse de m'avoir offensé; mais ne calomniez pas les usages et la foi d'une église à la-

quelle vous seriez digne d'appartenir.
Vous me méconnaissez, mais moi je vous
apprécie. Je veux le bonheur d'Epiphania ; je le jure par Dieu et tous les saints!
sa félicité spirituelle et temporelle, et
s'il se pouvait la vôtre avec la sienne.

— Comment ? s'écria Fabien en souriant aigrement. Mon bonheur spirituel,
sa félicité éternelle ? Je crois à la fin que
vous n'êtes qu'un accoupleur théolo-
gien qui venez chercher les aventures
et faire des prosélytes et des conver-
sions! Je vous conseille, en ami, de bien
garder votre peau dans le pays de Berne,
et de ne pas laisser soupçonner au
doyen d'Aarau quel chasseur d'âmes
vous êtes. Tous vos saints ne vous sau-
veraient pas du pilori et du carcan.

— Rompons ce discous, dit don
Nardo qui avait repris tout son sang-

froid; vous donnez des coups d'épée dans l'eau. Soyez sans inquiétude pour votre croyance, je ne cherche pas à vous convertir. Si c'est la volonté du Dieu de miséricorde, de rappeler ses brebis égarées à la vérité de la vie éternelle et dans le giron de notre mère l'église, il n'a pas besoin de mon faible secours. Je serais un indigne instrument dans sa main. Je suis également exempt de soucis sur le sort de la nièce d'Addrich, votre future. Ce que je sais d'elle m'apprend qu'elle n'est pas si éloignée que vous pourriez le croire, de la croyance dans laquelle seule on peut se sauver. Une âme pieuse, pure et aimante comme la sienne ne pourra résister long-temps à sa mère divine quand elle entendra sa voix. Mais vous, jeune homme, je vous le dis entre nous, évitez-vous des soupçons mal fondés et une colère vaine. Vous me méconnaissez. Tenez-moi en-

core aujourd'hui compagnie , et je ne
doute pas que nous ne devenions amis.
Alors je vous aiderai à vous procurer
le bonheur.

Fabien contemplait en silence cet
homme dont les discours augmentaient
à chaque instant son incertitude. Quelquefois il pensait que cet étranger n'a-
vait pas toute sa raison ; mais il y avait
évidemment trop de liaison et de sens
dans ses discours, trop d'assurance dans
ses manières, et une certaine familiarité
qui ne pouvait provenir que d'un sentiment intérieur de conviction et de
la force d'une bonne conscience. Cependant la froideur inaltérable qui régnait
en don Nordo , ce qui contrastait avec
l'impétuosité de sa jeune âme, le re-
poussait et augmentait la répugnance
qu'il éprouvait pour son compagnon de
route.

— Eh bien , décidez-vous, continua

don Nardo. Restez encore un jour avec
moi. Je tiens à faire votre connaissance.
Accompagnez-moi jusqu'au Rhin. Nous
nous entretiendrons de votre future;
j'ai des choses importantes à vous dire
à ce sujet, qui l'intéressent sérieusement
et dont vous pourrez vous-même l'instruire. Peut-être vous-même me con-
duirez-vous auprès d'elle, si vous voulez véritablement comme moi le bonheur de cette pauvre orpheline.

— Que Dieu soit avec nous! s'écria
Fabien. Que pouvez-vous avoir de commun avec cette fille? Je vois bien que les
choses ne sont pas tout-à-fait chez vous
comme elles devraient être, en dépit
de votre extérieur respectable. Mais où
est le dérangement? dans le cœur ou
dans la tête; c'est ce que j'ignore. Gar-
dez-vous toutefois de courir après ma
bien-aimée, avec qui vous ne pouvez

avoir rien à démêler. Par le salut de
mon âme! si jamais je vous rencontre
dans le voisinage des Mousses ou d'Aarau quand elle y sera, je vous ferai
dire votre dernier *ave !* Vous êtes averti
maintenant ; je suis homme de parole.
Portez-vous bien.

Fabien voulut s'éloigner. Don Nardo
saisit son bras en disant : Il y a un mal-
entendu entre nous. Vous fuyez votre
bonheur.

Le jeune homme repoussa rudement
l'étranger.—Laissez-moi, dit-il, je frémis devant vous comme devant Satan;
vous êtes le tentateur dans le désert!

—Devant moi? dit don Nardo avec un
mouvement d'humeur qu'il adoucit par
un sourire ironique; il faut en vérité
que vous soyez un bien mauvais soldat,
et que vous ayez bien peu appris à con-

naître les hommes dans votre service
de Suède. Adieu donc, sire capitaine, et
oubliez la nièce d'Addrich! Elle n'est
pas faite pour des gens de votre trempe.

Fabien le toisa des pieds à la tête : Il
paraît que vous vous méprenez étran-
gement sur ma personne, dit-il.

— Non, plus maintenant. Je me suis
abusé un momeut, jeune homme, mais
c'est quand ma vue basse m'a fait prendre une trompette pour un mousquet.
C'en est assez. Que Dieu vous conduise.

CHAPITRE XXVI.

—

LES PRISONNIERS DE GUERRE.

Don Nardo quitta brusquement Fabier ab-der Almen, et reprit avec ses gens le chemin de la hutte; mais son étonnement fut extrême en se voyant entouré de paysans armés qui s'étaient

emparés de ses chevaux. Il ne tarda pas
à être enveloppé, ainsi que Fabien, par
un autre bande d'insurgés qui s'appro-
chait. Les accens criards d'une femme
qui se tenait devant la cabane, et les
gestes qu'elle faisait en montrant du
doigt la fenêtre brisée, lui apprirent la
cause de la colère de la propriétaire et
de l'arrivée des paysans, qui s'emparèrent de sa personne en poussant de
grands cris.

— Que signifie tout cela, mes maîtres? leur cria Fabien ab-der Almen
hors de lui. Est-il dans les usages de la
guerre d'attaquer des voyageurs sur la
grande route, et de faire prisonniers
des gens sans défense? ou bien avons-
nous, ce vous semble, la tournure de
Bohémiens ou de vagabonds? Je suis un
Suisse comme vous, de l'Oberland de
Berne. Si je vous parais suspect, je suis

là pour vous répondre en tous temps
et en tous lieux. Ce seigneur qui est
avec moi, est un étranger qui n'a rien
de commun avec nos querelles; laissez-
le donc continuer paisiblement son
chemin avec ses gens. J'espère que vous
n'aurez pas l'audace de le piller et de le
forcer à aller dire dans son pays, que
nous autres Suisses, si vantés pour notre
hospitalité, nous ne sommes plus que
des coquins et des brigands.

— Que chante là ce blanc-bec? s'é-
cria un des paysans les plus proches de
lui, tandis que les uns dansaient de
joie, que d'autres se disputaient entre
eux en criant à tue-tête — Donne-lui
donc un coup du manche de ta pique
sur le crâne, à cet écervelé! Ne voyez-
vous pas au plumage de l'oiseau de
quelle cage il sort! C'est un espion des
villes; il faut le pendre!

— Jetez-moi ce drôle sur le sable! criait un troisième. Nous autres, qui avons survécu à la grande victoire qui a chassé les Balois et les Mulhausois du pays, nous souffrirons qu'un bambin nous traite de coquins et de brigands!

— Bon! reprenait un autre, nous avons découvert un fameux nid! il faut dépouiller le vieux et le jeune avant de les rôtir. Allons, emmenons-les tous à Olten; pour que le sous-bailli de Buchsiten les confesse.

Tandis que la foule se livrait à mille imprécations, et que Fabien continuait à faire résistance; le seigneur de Grœnkerkenbosch, à qui on avait arraché son magnifique poignard de sa ceinture, se comportait avec son indifférence ordinaire, et semblait ne jouer que le rôle de simple spectateur dans cette

scène de tumulte. Il se tourna enfin
vers Fabien, et lui dit : Puisqu'il paraît
que, bon gré mal gré, vous êtes destiné
à me tenir compagnie, ne cherchez pas
à vouloir forcer ces gens à agir contre
ce qu'ils regardent comme leur devoir,
et ne les aigrissez pas par des injures
inutiles. C'est votre orgueil national qui
vous a engagé à prendre mon parti; je
vous en remercie néanmoins; mais
songez plutôt à vous tirer vous-même
d'affaire, car je ne cours ici aucun danger.

Fabien ne lui répondit pas, et continua à se débattre avec les paysans, qui
parvinrent toutefois à l'emmener, ainsi
que don Nardo, ses gens et ses chevaux.
Les cris des insurgés augmentaient avec
leur nombre, car de nouvelles troupes
venaient sans interruption rejoindre la
première. La plupart de ces gens faisaient partie de la bande de Soleure,

qui avait surveillé, le jour précédent, la retraite du colonel Zoernli auprès d'Erlinsbach et sous la Schaffmatt. Ils étaient encore ivres de vin et de la victoire, et ils entouraient avec curiosité les voyageurs, dont le costume bizarre occupait au plus haut degré leur attention. La peau noire du Maure excitait tout particulièrement leur surprise.

— Eh, eh! s'écrièrent tout-à-coup quelques paysans en se rangeant pour faire place à de nouveau-venus, voilà qu'ils amènent encore un prisonnier! Battons la montagne, mes camarades, elle est pleine d'espions et de gens des villes!

— Nous avons trouvé le morceau le plus gras! s'écria d'un air triomphant un des arrivans. Celui-là est un véritable pâté de Noel! Bien sûr il a maudit

aujourd'hui pour la première fois sa
belle panse, qui l'a empêché de nous
échapper!

Il n'était question de rien moins que
du digne maître Henri Wirri, qui essuya
la sueur qui coulait de son front, et reprit haleine du fond de sa poitrine.

—Hé bien, maître, lui dit don Nardo, ce n'était pas la peine de partir si
matin.

—Les choses vont comme elles peuvent! répondit le ménétrier en soupi-
rant, puis il jeta un coup d'œil sur les
gens qui l'entouraient, et reprit: Les
choses vont comme elles peuvent, et
elles ne vont pas bien. Je vois bien
qu'avec le poing on va toujours loin.
Allons, le diable est déchaîné dans le
pays, et Dieu sait comme il y est entré,
et comme il en sortira. De ma vie je

3.   5.

n'ai vu le monde si renversé. Si les
hommes ne sont pas tous devenus fous,
il faut que la fin du monde ne soit pas
éloignée.

— Silence, gros boudin blanc! lui
dit un paysan, ou nous te servirons sur
un plat un peu plus grand. Qu'est-ce qui
t'aurait rendu si gras, si tu n'avais pas
mangé nos poulets et nos œufs sur les
assiettes du bailli? Maintenant nous
voilà les maîtres, et vous autres bourgeois, il faudra vous taire devant nous,
et nous porter respect, entends-tu?

— Vous autres messires, vous êtes
haut montés maintenant, répondit le
ménétrier; mais prenez garde de ne pas
tomber de votre cheval sur un âne. Pour
ce qui est de ma chétive personne, vous
avez mis une ortie dans votre sac au
lieu d'un navet. Je ne suis pas un conseiller, comme vous le croyez, mais de

ma profession, ménétrier, maître-chanteur, poète en Apollon *et cæteris;* et celui qui voudra me prendre quelque chose, il faudra d'abord qu'il me donne. Allons, messire, n'écorchez pas un chat pour avoir la peau d'un lièvre; je vous conseille de ne pas le prendre d'un ton trop haut et de ne pas trop tendre la chanterelle. Laissez-moi partir, je ne vous ai pas fait de mal.

—Mais pas de bien aussi, lui cria un drôle bien découplé : vous autres des villes, vous tenez comme la poix dans une semelle, et vous ne vous mangez pas le blanc des yeux. L'un est toujours comme l'autre; ainsi vous allez marcher avec nous jusqu'à Olten. Si tu n'es pas un traître, tu peux le devenir, et nous t'empêcherons de pêcher. On n'a qu'à te regarder : ton chapeau pointu et un bonnet de fou sortent de la même fabrique.

—Injuriez-moi tant qu'il vous plaira, répondit aigrement Wirri ; il n'y a pas de cuirasse qui protége contre une mauvaise langue ; mais recevez toujours un conseil d'un honnête homme. Je vous le dis, n'aiguisez pas trop vos couteaux. Vous avez entamé une méchante partie. Avec l'autorité il n'y a que des coups à gagner ; vous ne tarderez pas à l'apprendre. Le petit ne soumet jamais le grand avec une baguette, et vous savez bien que celui qui bâtit au-dessus de sa tête, il lui tombe du plâtre dans les yeux.

— Tais-toi , gros matelas de chair ; nous te mettrons à la broche comme une pièce de lard ! s'écria le même paysan. Aujourd'hui nous jouons à la triomphe avec les villes , et nous avons déjà ramassé les enjeux. Le droit est de notre côté, et nous sommes cent mille ! Ainsi, *motus!*

—Je crois que j'ai le droit de tourner le bec tout comme vous autres! répondit le ménétrier. Quand vous seriez cent mille, vous n'auriez pas raison pour cela!

— Silence, vous autres! la paix! Que personne ne maltraite ces prisonniers, et qu'on les conduise à Olten! s'écria un petit homme vif, maigre, vêtu avec quelque recherche, et à qui tous les assistans firent place aussitôt. C'était le sous-bailli de Buchsiten. — Et vous, mon bon ami, dit-il en se tournant vers maître Wirri, gardez vos proverbes dans votre sac, ils n'y deviendront pas plus vieux qu'ils ne le sont déjà; et au moins ils ne vous attireront aucun dommage. D'ailleurs ils n'instruiraient et ne convertiraient personne.

— Sans doute, sans doute! reprit

Wirri. Quand deux ânes veulent s'instruire l'un l'autre, aucun d'eux ne devient docteur. Mais je ne demande rien qui ne soit juste et légal. Je suis un homme d'honneur. Pourquoi me fait-on ainsi violence? Messire mon ami, si vous êtes plus en droit de commander ici que moi, ordonnez qu'on agisse selon la justice. Je n'irai pas à Olten; je ne bougerai pas d'ici.

—Mais tu n'iras pas aussi à Aarau? reprit le sous-bailli d'une voix dure.

—Il n'y a qu'à le pendre à un arbre, entre les deux villes! cria le premier paysan.

—Il n'y aurait pas malheureusement de branche assez forte pour porter ce fardeau, répondit le sous-bailli. Tous les assistans rirent aux éclats, et s'écrièrent : Si, si !

Le maître chanteur pâlit, jeta les yeux sur un énorme chêne qui s'élevait à quelques pas, et se rapprocha de ses compagnons comme s'il espérait d'eux quelque protection.

— Soyez prudent, maître, lui dit don Nardo. Demandez-leur plutôt une grâce qu'un droit.

— Oui, oui, répondit le ménétrier effrayé. Une once de faveur pèse plus qu'un quintal de justice.

— Marche, s'écria le sous-bailli de Buchsiten, et toute la troupe se mit en route au bruit du tambour et en poussant de grands cris.

On parut vouloir séparer à dessein les prisonniers. Fabien marchait résolument entre ses deux gardiens. Il eût

voulu traverser l'Aare ce jour même, et
se rendre aux Mousses pour voir la
belle Epiphania et l'avertir des desseins du Néerlandais, dont les discours
lui causaient la plus vive inquiétude.
L'assurance avec laquelle parlait cet
étranger semblaît prouver qu'il avait
eu véritablement quelque rapport avec
Epiphania, et qu'il avait quelque espé-
rance de la faire changer de religion.

La défiance avec laquelle les partis
religieux s'observaient à cette époque,
qui suivit les longues guerres de la religion, et l'ardeur qu'ils mettaient à se
faire des prosélytes, justifiaient suffisamment les soupçons du jeune Fabien.
Il observa avec soin l'étranger pendant
toute la route; et quelquefois il désirait
renouer l'entretien qu'il avait eu avec
lui, afin d'approfondir ses vues. Mais
don Nardo, sans s'occuper de Fabien,

marchait dans les premiers rangs de la
troupe, et s'entretint avec le sous-bailli
de Buchsiten, sans interruption jusqu'à
Olten. Les paysans montèrent sur les
chevaux qu'ils avaient enlevés, et firent leur entrée triomphale dans cette
petite ville.

Là, on distribua les prisonniers dans
différens quartiers. Fabien fut enfermé
dans un réduit sombre, éclairé par une
fenêtre grillée; une sentinelle fut placée
devant la porte, et on donna pour lit au
jeune homme un sac plein de feuilles. Le
sort de ses compagnons lui demeura caché. Mais le matin du jour suivant,
comme il regardait la place à travers sa
petite fenêtre, il vit, non sans étonnement, le seigneur de Grœnkerkenbosch,
suivi de son nègre et de son chasseur,
tous montés sur leurs chevaux, qui ga-
gnaient librement la porte de la ville.

— Bon voyage! lui cria Fabien irrité.

3.   6

Don Nardo leva la tête, le regarda d'un air moqueur, et lui fit un geste de la main comme pour prendre congé. Puis piquant des deux, il disparut.

Fabien ne douta pas un moment que sa délivrance ne suivît immédiatement celle de l'étranger ; mais il tomba dans une erreur étrange. De jour en jour, au contraire, on le surveilla plus strictement. Ses gardiens parlaient entre eux d'espions des villes qui avaient été pris et pendus ; et quelquefois, s'adressant à lui, ils lui conseillaient d'abjurer son hérésie luthérienne et de revenir à la vraie foi, pour avoir, disaient-ils, une bonne fin.

CHAPITRE XXVII.

LA DÉLIVRANCE.

Dans les longs ennuis d'une captivité de plusieurs semaines, Fabien s'occupa depuis le matin jusqu'au soir, comme le font d'ordinaire les prisonniers, à chanter, et maudire son sort, à se livrer à

mille conjectures, à mille projets de
fuite et de vengeance, et à se peindre
sous les couleurs les plus riantes l'avenir
qui lui était réservé, l'orsqu'il serait
rendu à la douce liberté. Il va sans dire
que l'image d'Epiphania, parée de tous
ses charmes, embellissait le tableau de
l'avenir. Fabien maudissait en son cœur
l'insurrection des campagnes, dont les
flots impétueux l'avaient jeté si loin du
but de son voyage; car il n'était venu
dans l'Argovie, après une si longue absence, que pour voir la compagne chérie
des jeux de son enfance, et pour lui
faire connaître son innocence dans l'affaire de Berne; puis il voulait vendre sa
maison et son jardin sur le lac de Thun,
abondonner pour toujours la Suisse, et
se rendre dans le Margraviat, où il avait
dessein de pratiquer la médecine, et de
passer ses jours à secourir l'humanité
souffrante. Il avait aussi pensé quelques

momens, si Epiphania eût été libre, si son oncle y eût consenti, et si sa main n'eût pas été promise au capitaine Renold, à lui offrir de partager son sort.

Cependant l'amitié fraternelle de Fabien pour Epiphania prit, d... a méditation de sa retraite solitaire d'Olten, une tout autre teinte. Il semblait que les discours d'Addrich et de don Nardo l'eussent amené à une pensée qui lui paraissait auparavant un abominable sacrilége. Il réfléchit qu'Epiphania, qui ne lui appartenait nullement par les liens du sang, n'aurait pu le suivre dans un pays étranger sans flétrir sa réputation; et il en vint insensiblement à se la représenter sous la forme d'une jeune épouse, bien que d'abord il éprouvât une chaste répugnance à cette idée, qui s'offrait à lui comme un inceste. Mais à mesure qu'il se familiarisait avec l'idée

d'aimer Epiphania comme sa femme,
et de se l'attacher par les liens les plus
saints, il sentait aussi augmenter la
crainte que lui inspirait le seigneur catholique des Pays-Bas, et la jalousie
qu'il ressentait en songeant au beau Gédéon. L'impatience de se voir libre allait
ainsi quelquefois jusqu'au désespoir. Il
parlait souvent seul, et à haute voix; il
frappait les murs de son poing fermé
comme s'il eût espéré les abattre, et s'é-
lançant aux barreaux de sa fenêtre, il
les ébranlait avec tant de force qu'on
entendait émir les charpentes de la toiture. Les heures lui duraient comme des
jours; les jours lui semblaient des semaines, et les semaines lui paraissaient
aussi longues que des années. Ses gardiens commençaient à craindre qu'il ne
perdît la raison.

Leurs craintes se fussent peut-être

réalisées, si enfin, après quatre semaines
d'attente, la porte de son cachot ne se
fût ouverte. Des paysans armés le conduisirent dans une chambre où plusieurs
paysans bien vêtus entouraient une
grande table ronde, qui, bien qu'il fût
grand matin, était déjà chargée de pain
et de vin. Fabien reconnut aussitôt parmi
ces hommes la large carrure d'Addrich,
et, auprès de lui, l'homme que l'on
avait désigné, pendant la marche d'Olten, sous le nom de sous-bailli de Buchsiten.

Dès que Fabien entra dans la salle,
les assistans mirent fin à un colloque
animé qu'ils tenaient entre eux, et prenant un regard sévère, ils cherchèrent
à se donner toute la dignité qu'il leur
était possible de prendre. L'un d'eux déposa vivement sur la table le verre de vin
qu'il portait à la bouche; un autre jeta

le couteau et le vin qu'il tenait à la main,
et se croisa les bras ; d'autres battaient
avec leurs doigts la mesure sur la table,
ou reculaient leurs siéges pour se croiser
gravement les jambes.

— Fabien ab-der Almen, dit le sous-
bailli Adam Zelttner, bien que nous sa-
chions que tu es tout bernois du fond du
cœur, et que, tout fils de campagnard
que tu es, tu tiens honteusement pour
le parti des villes, nous sommes cependant disposés à te juger avec indulgence.
Tu verras par là que, nous autres paysans libres, nous sommes plus généreux
que les sires de Soleure et de Berne, qui
se font donner le titre de gracieux seigneurs, et qui cherchent à nous trouver
toujours en faute pour nous tirer nos
biens et notre argent. Ta conduite tor-
tueuse et tes menées sourdes contre la
cause nationale t'ont bien mérité la
corde, mais...

—Je n'ai jamais été un traître ! s'écria Fabien.

—Silence, nous savons tout ! reprit le sous-bailli d'une voix ferme. N'as-tu pas été courir de Berne à Aarau avec des lettres du bailli Hagenbuch?

—Sans doute ! répliqua Fabien; mais je ne connaissais pas le contenu de ces lettres, et je savais encore moins que je dusse refuser ce service à des gens qui sont mes seigneurs et maîtres.

—Silence ! C'est nous qui sommes maintenant tes seigneurs et maîtres; c'est pourquoi nous te ferons grâce, à condition que tu nous montreras de la soumission et de la reconnaissance. T'engages-tu à nous servir?

—Oui, en tout ce qui sera licite et loyal.

—Il n'y a rien de licite que ce qui est juste, et nous n'exigerons jamais de toi que des choses justes et raisonnables, selon le serment que nous avons prêté à Summiswald, lors de la conclusion de notre ancienne ligue nationale. Cependant il y aurait, je pense, peu de fond à faire sur ta parole, si notre digne cause n'avait déjà triomphé de tous les obstacles ; ainsi nous pouvons te lâcher sans crainte, quand même tu devrais te rendre d'ici en droite ligne à Berne. D'ailleurs, notre cher voisin et honorable confédéré que voici (le sous-bailli désigna de la main le vieil Addrich), a parlé en ta faveur, ce dont tu auras à lui témoigner tes remerciemens en temps et lieu.

—Je remercie volontiers mon ami Addrich, car je sais que ses intentions envers moi sont bonnes, et qu'il m'aime.

Pour vous, si, au lieu de me retenir pendant quatre semaines, et contre tout
droit, dans un cachot, sans m'interroger
et chercher à vous convaincre plus tôt de
mon innocence, vous m'aviez confronté
avec mes accusateurs, avec qui je pusse
me justifier et les confondre, j'aurais à
vous remercier de ma délivrance; et
j'aimerais mieux la devoir à votre amour
pour la justice qu'à l'amitié d'Addrich
pour moi.

—Tu fais plus de bruit avec ton innocence que sept œufs dans une poêle;
mais, crois-moi, mon petit compagnon,
nous n'aurions pas donné un pfenning (1)
usé pour te retenir ici. Celui qui a le
premier déposé contre toi, et qui nous
a engagés à te garder sous la clef, était
un noble seigneur très digne de foi, qui

(1) Un liard.   (Le Trad.)

ne t'avait vu que peu de temps, mais qui
en savait déjà assez sur ton compte. Tu
te souviens sans doute du noble seigneur
de Grœnkerkenbosch que nous avons
arrêté en même temps que toi. Il n'a-
vait certainement aucun intérêt à...

—Le misérable! c'est donc lui? s'écria
Fabien plein de rage. Et vous autres qui
vous donnez pour des hommes sages et
prudens, vous vous fiez à la langue dorée
du premier aventurier d'au-delà des
monts qui vous arrive, et vous empri-
sonnez, sans autres preuves, comme un
criminel, un de vos compatriotes, un
Suisse, un citoyen qui a les mêmes droits
que vous dans ce pays.

—Écoute, mon petit bec blanc! lui
cria un vieux paysan assis de l'autre
côté de la table, n'oublie pas le respect,
songe que tu parles devant nous, et avale

tes façons de dire inconvenantes ; il ne t'en poussera pas pour cela de goître au gosier.

Le sous-bailli fit signe au vieux paysan de se taire, et reprit le fil de son discours : Si le premier témoin qui a déposé contre toi ne te semble pas d'un poids suffisant, nous t'en produirons un autre contre lequel tu n'auras, j'imagine, rien à dire. C'est un citoyen éprouvé que l'ardeur du bien public fait passer par-dessus toutes les considérations d'amitié particulière, et qui a dû malheureusement agir ainsi à ton égard. C'est de lui que nous avons appris ce que tu es venu faire dans l'Argovie, et quel prix ceux de Berne attachent à tes services. C'est le brave et honnête capitaine Gédéon. Celui-là, tu ne le récuseras pas, j'espère !

— Pour celui-là, je vous le donne

comme un coquin., depuis le toupet
jusqu'à la semelle ! Ce Judas et moi,
nous avons été de tout temps amis
comme le sont le chat et le chien. Pourquoi ne me mettez-vous pas face à face
avec ce stipendiaire des Suédois, qui
était déjà si venimeux dès sa naissance,
que sa mère mourut en le mettant au
monde?

—Si tu ne crains pas d'accuser ainsi
tous les hommes d'honneur, continua
lesous-bailli d'un ton amer, accuse donc.
encore celui-ci qui se trouve d'accord
avec tous les autres pour ce qui te re-
garde. La vérité n'a qu'une couleur, le
mensonge en a mille. Et ce troisième,
c'est celui qui a bien voulu répondre de
ta conduite future et se rendre ta
caution.

—Quoi, Addrich, et toi aussi? dit
Fabien en jetant un regard plein de douleur et d'étonnement sur le vieillard.

Les soucils épais d'Addrich s'étaient
déjà froncés pendant les dernières paroles du sous-bailli, et il avait lancé plus
d'un regard sombre à l'imprudent orateur. Il dit avec humeur : Beaucoup
parler et bien parler vont rarement ensemble. Puis se tournant vers le jeune
homme, il ajouta : Non, Fabien, je n'ai
positivement rien dit contre toi ; car je
savais de ta bouche même que tu n'é-
tais ni froid ni chaud, et que tu tenais
aussi peu pour les campagnes que pour
les villes. Tu es un enfant sans expérience, et tu as mérité quelques coups
de verges. Les Bâlois t'avaient fait prisonnier, je t'ai délivré moi-même. Tu
es venu ensuite te jeter dans les griffes
du peuple. Quand les loups et les chiens
se déchirent, il ne faut pas se promener
au milieu d'eux et dire : Que m'importe!
Celui qui ne prend aucun parti dans les
guerres civiles reçoit les coups des deux

côtés. Du reste, garde-toi de Gédéon,
tu auras plus d'une fusée à démêler avec
lui. Pour moi, j'ai appris ta détention par
hasard, il y a peu de temps. Je me suis
réjoui pour toi ; car ici du moins ta
peau était sauve, tandis que dehors les
paysans ou les gens des villes t'auraient
déjà mis à l'ombre. Maintenant, tu es
libre, viens avec moi aux Mousses ; personne ne viendra te chercher ; ce Gédéon est retenu autre part, car il a de
sérieuses affaires.

Après avoir parlé ainsi, Addrich regarda la chose comme arrangée. Il se leva et mit terme à la séance. Personne
n'osa le contredire, et l'on se sépara
après qu'il eut parlé en particulier à chacun. Puis prenant Fabien par le bras,
il l'emmena avec lui, et le fit sortir de la
maison.

CHAPITRE XXVIII.

—

LE RETOUR AU PAYS.

Ils s'acheminèrent sans obstacles par la rue étroite et obscure qui conduit à la porte de la ville, en passant par le pont de bois qui joint en cet endroit les deux rives de l'Aare. Lorsque Fabien

3.   6.

aperçut les flots jaunâtres du fleuve, qui
se jouaient aux rayons du soleil, les rochers escarpés et couronnés de feuilla-
ges que doraient les premiers feux de
l'aurore, les fleurs printanières artiste-
ment répandues en bouquets, dont se
chargeaient les cerisiers; les prairies d'un
vert-émeraude, diaprés de primevères,
de blanches marguerites, de bleuets et
de renoncules incarnates; lorsqu'il en-
tendit les cris joyeux de l'alouette, et
le chant modulé du pinson qui s'échap-
pait des buissons fleuris qui bordaient la
rive, un profond soupir s'échappa de
son sein; il étendit les bras comme pour
embrasser le ciel et la terre, et arracha
d'une aubépine une branche fleurie dont
il porta les touffes de neige à sa bouche,
tandis que quelques larmes coulaient le
long de ses joues.

—Tu t'attendris toujours comme une

fille, ou tu t'irrites comme un enfant, Fabien, dit Addrich.

— Il vaudrait mieux pour toi, Addrich, que tu pusses devenir aussi enfant que moi et comprendre le bonheur que j'éprouve! répondit Fabien. Oh! qu'on respire facilement quand on est libre. Ah! qu'elle est douce la vue de la nature après la captivité! Tu me plains, Addrich, ton cœur n'est pas ouvert à ces impressions divines. Tu n'entends plus en toi ces voix qui me ravissent!

—Tu as raison, Fabien, reprit Addrich. Je n'ai jamais compris la vie. Ma naissance fut une erreur du destin.

— Ne pense pas ainsi, Addrich! Ne blasphème pas, je t'en supplie; du moins pour aujourd'hui.

—Eh bien, dis-moi donc, Fabien, quelle

sagesse a placé des aveugles dans un si magnifique paysage, les sourds-muets, les tristes crétins au milieu de créatures raisonnables! Et pourquoi faut-il que moi, dont le cœur est généreux et la tête saine, j'aie été jeté au milieu de ce peuple d'ânes et de tigres? Qui me connaît? Qui cherche à me connaître? Qui me dédommagera du malheur d'habiter ce monde, d'y être lié contre ma volonté, et de supporter le même sort qu'Éléonore, de ne pouvoir vivre, de ne pouvoir mourir? Fabien, je hais la vie; mais l'idée de la quitter me révolte, et je ne puis finir. L'homme est, dans ce bagne qu'on nomme le monde, l'esclave d'un inconnu; il maudit sa chaîne, il voudrait la briser et il est condamné à se laisser déchirer sans défense par les coups cachés de son gardien impitoyable!

—Écoute, Addrich! s'écria Fabien

en s'arrêtant tout-à-coup et en saisis-
sant les deux mains du vieillard, tandis que ses yeux animés d'une expression joyeuse étaient fixés sur lui: écoute,
Addrich! je veux te guérir! Suis-moi en
Allemagne, quitte la Suisse avec moi.
Epiphania et moi nous serons tes enfans,
nous aurons soin de toi comme d'un
père, si tu es destiné à perdre Lénore.
Dans ma riante solitude, tranquille,
heureux, tu te réconcilieras avec les
hommes quand tu seras une fois loin de
ces troubles et des haines qu'on te suscite.
Crois-moi, Addrich, tu seras heureux,
nous bercerons doucement ta vieillesse!

— Oh! tout mon être n'est plus
qu'une large plaie. De quelque côté que
vous me berciez, sur la soie ou sur les
roses, je ressentirais encore une vive
douleur. En marche, Fabien! allons aux
Mousses! s'écria-t-il après un moment

de silence, en se débarrassant de son
jeune ami, et en gagnant la route à
grands pas.

—Ne parlons plus de cela. Je puis te
dire quelque chose de mieux. Les entre-
prises du peuple seront couronnées de
succès. Il faudra que les villes se cour-
bent jusqu'à terre. Je ne quitterai pas ce
monde sans avoir accompli une grande
œuvre, et sans lui avoir plus rendu
qu'il ne m'a jamais donné.

— Addrich, ne t'aveugle pas; tu cours
à ta perte, et tu entraînes avec toi des
milliers de tes compatriotes. Je parie que
les villes n'ont pas cédé une paille aux
paysans.

—Je ne sais rien. L'affaire marche
comme elle doit aller, entraînée à chaque instant par son propre courant.

Les villes ne pourront bientôt plus soutenir cette roche qui roule du haut des
montagnes, et on la verra bientôt tomber
sur elles et les frapper de ses éclats. Soleure et Berne, Bâle et Lucerne, l'Argovie et les bailliages libres sont en pleine
insurrection. Il y aura bientôt un nouveau ciel et une nouvelle terre.

— Addrich, ne t'y fie pas. Les seigneurs ont de meilleures têtes et de meilleures caisses que vous autres.

— Et nous, Fabien, nous avons de
meilleurs poings et de meilleurs droits.
C'est Zurich qui veut tenir le dez dans
cette affaire maintenant. Il est venu, il y
a quelques semaines, cinq compagnies,
fortes chacune de deux cents hommes,
dans la ville. Mais ceux de Zurich sa-
vaient bien qu'il poussait des pommes
sures le long du lac, et ils ont fait partir

des gens de guerre, bien que les paysans de Wadenschvyl et de Knonau eussent envoyé une députation pour les assurer de leur fidélité. On a aussi envoyé
le bourguemestre Waser et le chancelier
Hirzel, de Zurich á Berne, pour s'entendre avec les députés de Glaris et de
Schaffhouse. C'est ce qui s'appelle mettre la pièce à côté du trou, comme le
tailleur aveugle.

— Comment! ils n'ont rien fait?

—Oui, oui, on a traité de guenilles
avec Leuenberg, des taxes des grains, des
contraintes, des maîtrises, du monopole
du sel, des salaires d'huissier, et d'autres
choses semblables. On a régalé les paysans de belles salutations; et puis on leur
a ôté leurs lits, et on leur a laissé la
paillasse. Bref, ils ont si bien fait que
les communes ont consenti à accéder
aux demandes du grand-conseil, à re-

mercier humblement nos magnifiques
seigneurs de la grâce qu'ils voulaient bien
nous accorder, et à venir demander pardon à genoux, devant le conseil, des
désordres qui sont arrivés. Là-dessus les
Bernois lâchèrent aussitôt les prisonniers
qu'ils avaient dans la ville, s'imaginant
que les neuf quilles étaient à terre; mais
ils s'étaient trompés; nous autres, nous
étions encore là. Les communes reniè-
rent leurs députés, lorsqu'elles surent
les belles marchandises qu'ils avaient
étalées à la foire de Berne. Les génu-
flexions les mirent surtout en fureur,
cela fit tout-à-fait chavirer le tonneau.
La soumission fut refusée, et le peuple
s'agita plus que jamais dans sa casaque.
Ainsi, nous avons donné beau jeu à
Christen Schyby pour souffler le feu
dans l'Entlibuch.

Fabien secoua la tête, et reprit :

Voulez-vous donc renoncer à toute soumission et à toute justice pour assurer vos droits? Les campagnes de Lucerne n'ont-elles pas signé et scellé leur traité avec la ville?

—Non pas les campagnes, mais leurs députés. Le peuple de l'Entlibuch, de Willisau, de Rothenbourg et de Hutwyl a au contraire déclaré qu'il fallait rayer le mot *faute* dans le traité; car, puisque le conseil et les cent de Lucerne ont reconnu les droits des paysans, ce n'a pas été une faute à eux que de les réclamer. Les titres injurieux que le manifeste de Baden a donnés à l'armée des paysans doivent être également supprimés publiquement, et tous les paysans sont d'accord là-dessus; la ligue de Wolhausen doit être maintenue et regardée comme libre et nationale. En apprenant tout cela, les seigneurs ont de nouveau convoqué une assemblée à Baden, où ils sont peut-être maintenant à couver leurs œufs de basilic.

—Addrich, je te prédis que cette diète de Baden ne se terminera pas sans qu'on voie tomber des têtes.

— Crois-tu ? Les nôtres ou les leurs. Vois, mon garçon, un dé plein de savoir naturel vaut mieux qu'un muid de savoir à l'école. Nous autres, nous avons tenu aussi notre diète sur le gazon de la prairie de Summiswald, avec les députés de Berne, de Lucerne, de l'Argovie, de Bâle et de Soleure ; j'en arrive en ce moment. Il s'y trouvait aussi des députés de l'autorité, qui voulaient arranger la chose à leur manière, caresser, ruser, biaiser, mordre, chuchoter et diviser. Ils furent cependant forcés de se retirer le sac vide. Claude Leuenberg s'est conduit vigoureusement cette fois ;

aussi l'avons-nous nommé unanimement capitaine de la confédération des campagnes.

—Et qu'avez-vous résolu ? quels sont vos desseins ?

—Rien, que d'obtenir ce qui est juste et raisonnable. Il faut que le peuple respecte l'autorité, et que de son côté l'autorité respecte les droits du peuple. Aucun canton ne devra prendre les armes contre le gouvernement sans l'assentiment des autres cantons ; mais l'autorité n'aura pas non plus le droit de faire venir des gens de guerre étrangers contre le peuple.

—Et si le conseil de Berne, celui de Lucerne ou de quelque autre ville ne se soumettent pas à vos lois de Summiswald ? Si les autres gouvernemens de la

confédération envoient leurs troupes
contre vous ?

— Alors nous repousserons la force
par la force. Cela a été jugé à Summiswald, les mains levées sous le bleu du
ciel, et sera confirmé, dans huit jours,
à la grande diète de Hutwyl. Les sujets
de toute la confédération sont invités
à s'y rendre. Ils y viendront.

— Comment, Addrich, toi qui es
un homme sage, peux-tu te tromper si
grossièrement, et prendre ainsi l'épée
par le tranchant? Votre ligue de Summiswald n'est-elle pas clairement une
révolte contre l'autorité? Crois-tu que le
gouvernement vous répondra autrement que le sabre à la main? Oh! ne te
fie pas aux paysans; tu les connais déjà.
Ils sont braves tant que tu remplis leurs
verres, tant que tu leur donnes de l'ar-

gent, unis tant que tu parles seul ; et
obéissans comme le bélier, qui l'est tant
qu'il ne sait pas qu'il a des cornes.

—Et si je te disais même que tu as
plus que raison, Fabien, qu'en serait-il
davantage ? Qui a excité le peuple et en
a fait une bête furieuse ? Qui a avili l'i-
mage de Dieu dans ses créatures, si ce
n'est ces gouvernemens tyranniques? Ils
ne s'occupent pas du bien des peuples,
mais ils les comptent comme des trou-
peaux dont ils recueillent le lait et la
laine. Ils ont fait des églises et des écoles
des piéges où vient se prendre la raison
de leurs subordonnés. Vois, l'autorité
fait comme la gloutonnerie, qui creuse
sa tombe de ses propres dents; elle
équarrit sa potence avec la hache de ses
bourreaux. Fabien, ne viens pas me
tourmenter avec tes lieux communs de
morale. La cause de l'humanité est la

cause de Dieu! je veux la venger, et que
la ligue de Summiswald fasse tomber en
ruine celle de Constance!

—Prends garde de faire comme Sam-
son, Addrich, et de faire écrouler l'é-
difice sous lequel tu veux écraser les
seigneurs, sur ta tête et sur celle du
peuple.

— Eh! qu'a donc la vie de si précieux pour ne pas l'ennoblir par une
mort généreuse?

Les deux voyageurs marchèrent, en
conversant de la sorte, jusque dans les
environs de la plaine de Dennikon. Là,
Addrich se prépara à prendre un sentier
qui conduisait en droite ligne aux Mousses, à travers les champs et les bois de
la montagne. Mais Fabien refusa de le
suivre, en disant qu'il voulait se rendre

d'abord auprès du doyen d'Aarau, pour s'informer auprès de lui des rapports qui existaient entre don Nardo et Epiphania. Addrich sourit malignement en écoutant le récit des aventures de Fabien avec cet étranger, et lui dit : Ce beau seigneur s'ennuyait sur les bruyères de Stussling, et il a voulu s'amuser de ta jeunesse.

A ces mots Addrich traversa rapidement le champ voisin, sans répondre aux adieux de son jeune compagnon de route.

~~~~~~

CHAPITRE XXIX.

—

LA DÉPUTATION DE L'ENTLIBUCH.

FABIEN suivit Addrich des yeux, d'un air colère; puis, secouant la tête, il reprit le chemin d'Aarau, le long des lisières de la forêt, en marchant d'un pied léger, par une belle matinée de printemps. Il lui paraissait désormais impossible d'opérer un changement dans les pensées de ce vieillard sombre et opiniâtre, et il résolut de sauver du moins Epiphania de la tempête qui s'élevait dans toute la Suisse.

Après plus de deux heures de marche il se trouva à l'extrémité des bois touffus du col de Woschnau, et gravit une côte couverte de sapins, du sommet de laquelle il aperçut la ville avec tous les clochers de ses églises, ses remparts et ses portes massives. Dans les campagnes environnantes, Fabien retrouva enfin l'ancienne et paisible vie du paysan suisse. Des femmes et des filles étaient occupées à bêcher la terre, à émonder, à semer, dans les champs, dans les jardins et les clos communaux, tout en riant et en poussant de joyeux cris. Elles semblaient avoir entièrement oublié la

landsturm qui les menaçait quelques semaines auparavant, comme on oublie
l'orage quand le soleil a reparu. Aux
portes de la ville personne ne s'opposa
à son passage, et il se rendit, sans qu'on
daignât le regarder, par une petite
ruelle, vers l'église principale, auprès
de laquelle se trouvait le presbytère,
qui lui était si bien connu. .

Lorsque Fabien eut pénétré dans les
détours obscurs du vestibule, un sentiment d'effroi, qui n'était pas sans charme, s'empara de son âme. Il demeura
quelques instans immobile, préparant
timidement les premières paroles qu'il
se proposait de dire au vénérable mi-
nistre. Mais tandis qu'il était ainsi plongé
dans ses réflexions, méditant quelques
phrases propres à lui assurer un bon ac-
cueil, un bruit de pas et le frôlement
d'une robe se firent entendre sur les

marches de l'escalier, au détour duquel
le respectable doyen Henri Rusperli ne
tarda pas à se montrer, dans le grand
costume officiel qu'il portait lorsqu'il
montait en chaire.

Fabien découvrit sa tête avec respect,
s'excusa de sa brusque arrivée, et pria
le doyen, qu'il regrettait, disait-il, d'a-
voir troublé à une heure indue, de lui
désigner un moment où sa présence serait moins importune. Mais le digne ecclésiastique tendit amicalement la main
au jeune homme, dès qu'il l'eut reconnu,
et le pria de demeurer.

—Tu viens à propos, comme si Dieu
t'envoyait, mon fils, lui dit le vieillard
avec vivacité. J'ai à me consulter avec
toi sur plus d'une chose, et je n'ai pas
pensé à ton sort sans quelque chagrin.
Mais en ce moment, suis-moi dans mon

appartement. Une députation des paysans rebelles de l'Entlibuch m'y attend, et je lui ai promis de lui donner audience. Peut-être ne seras-tu pas de trop, et apprendras-tu des choses qu'il te tient à cœur de savoir.

—Des Entlibuchois? des papistes? dit Fabien étonné, à qui les rapports qui existaient entre le Néerlandais catholique et le doyen réformé vinrent aussitôt à l'esprit.

— Dans ce jour d'affliction, rien ne doit nous surprendre, mon fils, dit le vieillard. Les voies du Seigneur se préparent souvent au milieu des guerres et des révoltes. C'est alors que ceux qui, dans leur aveuglement papiste, ont le plus rigoureusement poursuivi l'église de Jésus, sont obligés de venir demander des conseils et des consolations aux serviteurs indignes du saint Évangile. Ils

se sont déjà plaints, il y a quatre semaines, dans une lettre pleine d'amer-
tume, au doyen et aux autres membres
de l'église et consistoire de Berne ; mais
l'excellente réponse du docte professeur
Christophe Leuthard a un peu décon-
certé leurs projets. Maintenant, que Dieu
me donne des jours ! Suis-moi, mon
fils.

Le doyen marcha devant Fabien jusqu'à une chambre spacieuse où six à
sept paysans, assis le long de la muraille, se levèrent à son arrivée, et le
saluèrent gauchement et avec respect.
C'étaient des gens vigoureux, bien qu'â-
gés et graves ; et une certaine finesse
perçait à travers la grossièreté de leurs
traits et de leurs manières. A leur costume uniforme, composé d'un petit
chapeau de forme ronde, d'un surtout
de laine non teinte, et de larges chausses

brunes, on les eût pris pour les membres d'une même famille.

Le vieil ecclésiastique leur tendit à tous alternativement la main en silence, puis il s'adressa à eux avec une dignité qui lui était devenue en quelque sorte naturelle, par l'habitude qu'il avait de parler du haut de la chaire.

—Avant toutes choses, mes frères, dit-il, acceptez mes salutations amicales, et l'assurance du désir que j'éprouve de vous servir, ainsi que mes vœux pour votre félicité temporelle et spirituelle. Pieux, honnêtes, sages et bien-aimés voisins de l'Entlibuch, puisque vous avez manisfesté le désir de m'interroger au sujet de vos affaires communes, vous me voyez prêt à vous entendre.

Le plus âgé des Entlibuchois s'inclina

de nouveau de toute la moitié de son corps, et il lui répondit d'une voix qui trahissait quelque embarras : Très révérend sire doyen, notre cœur est plein d'affliction, à cause de la colère qu'a contre nous la sérénissime confédération des différens cantons. Cependant nous ne nous sommes levés aucunement par orgueil, mais uniquement par nécessité, et pour obtenir justice de nos autorités. Nos fonctionnaires ont fait leur principale affaire de nous tirer jusqu'au dernier écu; ils ont poursuivi, avec leurs éternelles amendes, les plus pauvres gens, et jusqu'aux morts, qui devraient être laissés en repos, après leur départ de cette vie; et ils nous ont enlevé un bon nombre de nos franchises, que nous conservons écrites dans de vieux diplômes dont nous avons hérité de nos pères. Toutes les fois que nous avons porté, en toute humilité, nos plaintes à nos gracieux seigneurs de Lucerne, ils n'ont écouté que leurs baillis menteurs, et ils ont jeté, sans miséricorde, les députés de ceux qu'on opprimait dans une noire prison. Une semblable injustice a soulevé notre cœur. Les six cantons de la confédération ont reconnu eux-mêmes, dans leur assemblée, nos droits, en vingt-six articles; et maintenant on nous traite par toute la Suisse comme de méchans rebelles; on nous menace de nous faire la guerre, et on veut peut-être nous prendre ce que nous avons reçu de Dieu: et comme toutes les autorités temporelles se donnent la main pour nous opprimer, nous adressons nos supplications à l'autorité spirituelle, afin qu'elle défende notre cause par ses prédications, et qu'elle exhorte les magnifiques seigneurs et gouverneurs de la souveraine confédération à la paix et à la justice.

5.   7.

Le doyen répondit : De même que le peuple de Dieu, comme nous le lisons dans l'ancien Testament, consultait Dieu dans les circonstances dangereuses et embarrassantes, par la voie des prophètes, de même vous venez à moi. Il est vrai, les juges et les rois, dans Israel, ont souvent péché, et Dieu les a punis par la main de ses prophètes. Ainsi, dit Ésaïas : Le seigneur ira juger avec les anciens et les princes du peuple ; mais vous, vous avez ravagé la vigne et opprimé le pauvre dans sa maison. Pourquoi souillez-vous mon peuple et affligez-vous les pauvres ? dit le Seigneur des armées. — Cependant je ne vois pas que le peuple d'Israel se fût révolté contre les autorités, comme vous le faites. David dit, lorsque son serviteur Abisaï voulut immoler le roi Saül : Qui voudra mettre la main sur l'oint du Seigneur ? — Mais je vois que Dieu le Seigneur a

puni les gouvernemens tyranniques par
l'invasion des peuples étrangers et la
captivité de Babylone.

Ces paroles du vénérable doyen cau-
sèrent à l'orateur de L'Entlibuch un léger mouvement de tête, et firent paraître
sur son visage raide un sourire ironique :
Cela peut avoir convenu au peuple de
Dieu, dit-il; mais nous autres du nouveau Testament et du bon pays de Suisse,
cela ne nous irait guère : car si des peuples et autres étrangers venaient dans le
pays, nos gracieux seigneurs à perru-
ques s'enfermeraient prudemment dans
les villes, et nous autres, gens du commun, il faudrait que nous nous fissions
arracher les cheveux pour eux. Et si le
grand-bailli, les conseillers et les cent
s'en allaient dans la captivité de Babylone, il nous faudrait, nous autres, payer
les frais de voyage; car c'est à qui es-

suiera ses souliers contre le vilain. Mais
très révérend sire doyen, rien est moins
que quelque chose, et le florin du paysan
vaut aussi soixante kreutzers.

Le doyen parut un moment embarrassé de cette réponse inattendue, mais
il se remit aussitôt. Mes chers voisins,
dit-il, pour l'honneur de Dieu, descen-
dez dans vous-mêmes et pensez à la manière dont Dieu parle des autorités dans
sa sainte parole écrite. Il les nomme des
dieux, c'est-à-dire des délégués de Dieu,
comme les appelle l'apôtre saint Paul.
C'est pour cette raison que vous leur devez respect et obéissance; et comme l'a
écrit l'apôtre Pierre, non pas seulement
aux bonnes, mais encore aux mauvaises.

— Vous avez parfaitement raison et
les apôtres aussi, répliqua l'Entlibuchois; mais pour des délégués de Dieu,

les seigneurs agissent un peu trop mal.
Ils ne sont pas seulement mauvais, ils
sont abominables; et ils devraient rou-
gir de honte quand on les nomme no-
bles et gracieux seigneurs, car ils savent
combien ils sont impitoyables et injus-
tes envers leurs pauvres sujets.

— Eh, eh! révérend sire, s'écria à son
tour un petit homme plein de vivacité,
je me souviens aussi que quand le roi
Salomon mourut, tout le peuple vint à
son fils Roboam, et lui dit : Rends
plus léger le joug que ton père a posé
sur nous! Et lorsqu'il les eut renvoyés en
leur disant : Mon père vous a fouetté
avec des verges; mais moi je vous fouet-
terai avec des scorpions! dix généra-
tions de ce délégué de Dieu furent mas-
sacrées!

— Vous ne sauriez vous appuyer de

cet exemple, répondit le doyen; car après que vos autorités chrétiennes eurent commis quelques fautes, elles consentirent volontairement à les réparer, ce que, comme vous le dites vous-même, Roboam ne voulut jamais faire.

—Oui, parceque *il faut* est une bonne parole ! dit le premier orateur. Lorsque les conseils des six anciens cantons du centre virent que nous insistions sur nos demandes, ils les accordèrent en tout point. Mais maintenant, pourquoi crie-t-on de nouveau contre nous, et nous a-t-on accusés devant les seigneurs de la confédération de Baden ? pourquoi nous a-t-on injustement traités de rebelles à la face de toute la terre par une pancarte imprimée? Nous exigeons donc que nos autorités renient ce qu'elles ont avancé par une autre pancarte imprimée et rendue publique. Allez, il y a autant d'honneur sous la cappe du paysan que sous un chapeau de conseiller planté sur deux jambes !

— Mes chers voisins, dit le doyen d'une voix douce et d'un ton conciliant, laissons là ces comparaisons ! Quel effet penseriez-vous que ferait, aux yeux du monde et des gens sages, la conduite de vos autorités, si elles consentaient à renier ainsi leurs paroles ? D'ailleurs elles ne vous ont pas tous damnés, mais seulement quelques uns d'entre vous. Ce serait donc mon avis, et Dieu sait que je veux votre bien du fond de mon âme, que vous vous rendissiez avec toute la soumission convenable auprès de vos gracieux seigneurs ou des autorités respectives de la confédération, afin d'étouffer la publication du manifeste. Le mandat de Baden n'a été lancé, au reste, qu'à une époque ou vous étiez en hosti-

lité avec Lucerne; et comme la pacifica-
tion s'est faite, grâce à Dieu, tout le
reste s'arrangera sans aucun embarras
et sans plus de peine, j'espère.

— C'est bien pour que vous et vos dignes ecclésiastiques, vous nous récon-
ciliez avec nos seigneurs de Berne, que
nous venons très-humblement par-de-
vers vous; car autrement rien ne ren-
trerait dans l'ordre. Nos seigneurs s'en-
tendent à commander et par principes,
mais pour persuader, ils ne s'en em-
barrassent guère. S'ils ont des fléaux
dans la bouche, nous en avons dans
les bras, nous autres, et qui battent encore mieux le grain! et la revanche
n'est pas défendue, comme nous disons
dans l'Entlibuch.

— Ce n'est pas ainsi, voisin, ce n'est
pas ainsi que des sujets chrétiens doi-

vent parler des autorités placées par
Dieu, s'écria le vieux doyen avec colère.
C'est ainsi qu'ont parlé les chefs rebelles.
Dathan, Korah et Abiram, et la terre
s'est déchirée sous eux, et elle s'est ouverte pour les engloutir avec leurs maisons et tout ce qu'ils possédaient. Ils
descendirent vivans dans l'enfer avec
tous leurs biens, et la terre se referma
sur eux. Sujets chrétiens, chers voisins,
regardez devant vous, et ne suivez pas
les traces de Korah. Le noir abîme est
ouvert sous vos pieds. Sachez-le (et
nous sommes du moins d'accord en cela,
vous autres catholiques et nous évangé-
liques réformés), il est un Dieu, et ce
Dieu est la plus haute autorité, le roi et
le seigneur de toutes choses; et il s'est
choisi des autorités à son image et des
délégués parmi les créatures vivantes
comme parmi les choses inanimées,
pour qu'elles fussent soumises les unes

3.   8

aux autres, afin d'entretenir un ordre
parfait. Ainsi le soleil, la lune et toutes
les étoiles du firmament doivent servir
notre terre qui est le centre de tout ce
qui a été créé. Et sur la terre, les peuples ont pour centre les trônes et les
siéges de leurs autorités qui représen-
tent celle de Dieu. Voulez-vous aujour-
d'hui vous opposer à cet ordre et com-
battre avec elles? alors c'est vouloir être
rois et mettre vos supérieurs sous vos
pieds pour vous servir d'escabeau. C'est
renverser l'ordre immuable et la loi du
créateur de toutes choses; c'est vous révolter contre la sagesse et la puissance
de Dieu, et appeler les horreurs du jour
du jugement dernier, où les étoiles du
ciel abandonneront leur place et fon-
dront sur la terre dans un désordre général. Voyez où vous allez, insensés que
vous êtes! Les anges et les archanges,
ayant Satan à leur tête, voulurent aussi

se révolter, et Dieu, le Seigneur, les
attacha dans l'enfer avec les chaînes des
ténèbres. Si Dieu n'a pas épargné ses
anges, espérez-vous donc qu'il vous
épargnera; ou bien, dans votre auda-
cieux délire, prétendez-vous le braver?
Tremblez, malheureux! Je vois une
épée de flamme, semblable à une verge
de feu, au-dessus de vos têtes! C'est le
glaive de la colère du Dieu tout-puissant!

Le vieillard se tut, comme s'il atten-
dait une réponse, mais toutes les bou-
ches restèrent muettes. Les éclats de sa
voix vibraient encore dans toutes les
oreilles. Le doyen, debout devant les
rebelles, avait la majesté d'un envoyé
du Dieu qu'il invoquait, et un rayon de
soleil qui vint frapper, pendant son discours, sa tête vénérable, paraissait le
témoignage céleste de sa mission. Les
plis nombreux d'une vaste robe noire,

dont les manches gigantesques s'agitaient à ses côtés comme de sombres ailes, élevaient encore sa stature. Bien qu'il eût déjà vécu plus d'un demi-siècle, il avait encore toute la force et la fraîcheur d'un homme dans la fleur de l'âge. Sa chevelure brune, encore épaisse et naturellement bouclée, que couvrait en partie une petite calotte de velours noir, commençait à se nuancer légèrement de ces touffes argentines que tu nommais un jour en examinant ma tête mon cher Troxler, des fleurs de tombeau (1). Son front large et découvert, son nez aquilin, l'expression de bienveillance qui se montrait sur ses lèvres, ainsi que le soin avec lequel était coupée sa barbe, taillée en cœur, afin de laisser voir une fraise à longs plis d'une

(1) Troxler est un savant médecin d'Aarau, ami de l'auteur.

blancheur de neige, formaient un ensemble de simplicité et de recherche qui
inspire à la fois le respect et la confiance, choses si indispensables à un
pasteur spirituel.

— Retournez chez vous; déposez les
armes et restez en paix! reprit-il d'un
ton plus doux, après quelques momens
de silence. Pour ce qui est de moi , je
veux prier Dieu sans relâche qu'il envoie son esprit saint aux deux partis ,
aux sujets et aux autorités, pour que
leurs projets, leurs pensées, tournent au
profit de la paix et du repos de notre
patrie commune.

L'orateur des paysans lui répondit:
Un avertissement sage et prudent vaut
un remerciement sans doute. Mais nous
n'en voulons pas aux autorités, ce n'est
qu'à leurs misérables baillis qui les

trompent ainsi que le peuple, que nous
avons affaire. Nous savons, sans qu'il
soit nécessaire de nous le dire, qu'il faut
une autorité; mais notre droit hérédi-
taire et bien acquis doit exister aussi!
On peut reprendre son bien volé où on
le trouve, quand même l'autorité l'aurait mis dans son sac. Le ver qu'on écrase
a bien le droit de se relever. Le Sei-
gneur-Dieu a donné un aiguillon à la
pauvre abeille pour qu'elle pût se venger, et à nous autres pauvres gens, il
a donné une tête et des poings!

— La vengeance est à moi et non à
toi, dit le Seigneur! s'écria le doyen
d'une voix forte. Ne suivez pas la route
de Caïn, et ne tombez pas dans l'erreur
de Balaam. L'archange Michel lui-
même, lorsqu'il lutta avec le diable
pour le corps de Moïse, ne prononça
pas la sentence de malédiction, il dit

seulement : « Le Seigneur te punisse ! »
Allez donc et laissez l'office de juge à
celui qui viendra juger les vivans et les
morts.

Le petit Entlibuchois à tête pointue,
qui avait déjà pris une fois la parole, fit
une grimace moqueuse, et s'écria : En
vérité ce serait s'y prendre un peu tard.
Après la mort, l'argent est inutile; mais,
je le vois, pour tondre un vilain, le
curé et le seigneur donnent du même
bouquin. Rien est moins que quelque
chose, comme on dit chez nous.

—Impudent coquin ! s'écria Fabien.
Parle, tant que tu seras ici, avec plus de
respect, ou tu pourrais bien t'en aller
avec une bénédiction un peu rude.

Le paysan toisa de coté Fabien depuis
les pieds jusqu'à la tête. Nous avons été

envoyés auprès du digne doyen, dit-il,
et non pas à son sacristain. Je veux bien
te passer ton penchant pour l'autorité;
mais ne te frotte pas à moi, ou je te
ferai sentir le haut de ma tête (1).

— Silence! s'écria le doyen d'un ton
d'autorité; et se tournant vers les prin-
cipaux de la députation : Pour vous, mes
amis, dit-il, songez à votre bien temporel
et éternel. Ne cherchez point à prendre
vous-mêmes vengeance des autorités. En-
gagez vos compagnons à se tenir en paix
et songez à ces paroles : Le sang demande
le sang. Ainsi, gardez vos sermens, et
conduisez-vous comme il convient à
des sujets chrétiens.

(1) Les paysans combattent dans l'Entlibuch, ainsi
que ceux de la Basse-Bretagne, comme des béliers, à
coups de tête. Ils ont des jeux où ils se livrent à ces
sortes de combats, la tête enveloppée d'un drap.

—C'est aussi notre volonté, répondit le vieil Entlibuchois d'une voix plus forte qu'auparavant. Cependant, très-vénérable doyen, nous étions venus pour vous prier de ne pas nous sermonner, mais de prêcher aussi aux autorités chrétiennes comme il convient. Mais vous nous donnez à entendre qu'ici à la ville messires les prédicans courent dans les mêmes souliers que les prêtres chez nous; ils aiment mieux garder les brebis que les loups. Allons, allons, ne vous fâchez pas, messire le doyen, voilà que notre petite affaire avec vous est terminée. Nous n'avons pas fait tout ce chemin-là pour venir entendre le catéchisme. A la garde de Dieu! Je vois bien que quand on a un procès avec l'empereur il ne faut pas aller se plaindre à son cousin le pape. C'est dans l'ordre et dans le cours actuel des choses de ce monde. Louange à Jésus-Christ!

A ces mots, l'orateur se tourna leste-
ment et gagna la porte, les autres se
retirèrent sans prononcer une parole,
et ils sortirent tous de la maison.

— Voilà toujours ce qui arrive avec
les gens de cette sorte ! s'écria le doyen
qui était resté stupéfait et qui suivit des
yeux les paysans jusqu'à ce qu'ils eussent quitté la maison ; ce sont des mala-
des qui appellent le médecin, mais qui
se croient plus savans que lui dès que la
médecine leur semble un peu amère sur
la langue. Néanmoins je suis satisfait
que tu aies été témoin de l'entretien que
je viens d'avoir avec ces paysans. J'aurais désiré voir quelques uns de mes
confrères y assister ; mais j'ai été pris au
dépourvu et tout à la hâte. Au reste,
j'ai parlé selon la voix de ma conscience, et c'est toujours une consolation
pour moi.

Bien que le digne ecclésiastique se

plût à revenir plusieurs fois sur ses divers motifs de consolation, il ne pouvait cependant cacher complètement le mécontentement qu'il éprouvait de la brusque rupture d'une conférence dont il espérait les plus brillans résultats; et quand Fabien s'efforçait de détourner la conversation, le doyen revenait sans cesse, et comme malgré lui, à ce qu'il appelait aigrement un *colloquium diabolicè corruptum et interruptum.*

Lorsque enfin le jeune homme devint plus pressant, en conservant toutefois toute la modestie convenable, et qu'il eut rappelé au doyen la nécessité de s'entendre sur le sort d'Epiphania, le vieillard surmonta promptement son humeur et lui dit : Tu as eu raison, mon fils, de me rappeler à ce devoir. Epiphania est en de mauvaises mains,

et son âme court de grands dangers. Il
est vrai que tu as tout perdu par la noir-
ceur des méchans ; mais je crains
pour elle de plus grands malheurs que
les tiens. Viens, mon fils, suis-moi,
viens entendre ce que j'ai à te dire.

A ces mots, le doyen conduisit Fabien à un étage supérieur où se trouvait
sa chambre d'étude, et se renferma avec
lui sans crainte d'être interrompu.

CHAPITRE XXX.

—

LA LETTRE.

La chambre où le doyen conduisit
Fabien était fort petite, mais d'un aspect agréable. Les murs étaient couverts
d'une multitude de livres symétrique-
ment rangés sur des tablelles, et deux
tables, placées l'une auprès de l'autre,

étaient chargées de manuscrits et d'in-
folios ouverts. On découvrait par deux
fenêtres ouvertes un vaste paysage
terminé en amphithéâtre par de hautes
montagnes qui formaient comme le cadre du tableau; et l'on apercevait distinctement dans la campagne les forts
de Gœsgen et de Wartenfels, et les deux
Wartbourg.

Fabien, que les dernières paroles du
doyen avaient rempli d'inquiétude, s'apprêtait à prendre la parole; mais le
vieillard lui fit amicalement signe de
garder le silence, et lui indiqua de la
main un siége pour y prendre place.
Puis, après avoir pris, dans un tiroir
qu'il ouvrit, une lettre et un petit rouleau de pièces d'argent qu'il plaça sur
la table, il s'assit lui-même avec beaucoup de gravité dans un énorme fauteuil garni d'épais coussins. Alors il

demanda à son jeune protégé d'où il
venait, et ce qu'il venait faire à Aarau
dans ces temps malheureux? Et lorsque
Fabien lui eut fait le récit de ses aventures avec la landsturm, et de sa longue captivité à Olten, le doyen l'interrompit avec une sorte d'effroi, en s'é-
criant : Eh! quoi, mon fis! Ignorais-tu
donc tes propres malheurs? Ne sais-tu
pas que ton habitation au lac de Thun,
ainsi que tout ton bien, sont devenus la
proie des flammes dans les désordres
de l'Oberland?

Fabien, épouvanté, apprit comment
sa maison et sa ferme avaient été rédui-
tes en cendres, tandis qu'aucun de ses
voisins n'était venu à son secours, et
qu'on avait même méchamment ravagé,
durant la nuit, son jardin et son pota-
ger, déraciné ses vieux arbres à fruit et
brisé les jeunes. On soupçonnait que ce

désastre avait été causé par une bande
de paysans rebelles guidés par un jeune
soldat qui sortait du service de Suède.
Le doyen assaisonna son triste rapport
de beaucoup de citations tirées des
saintes Écritures ; et lorsqu'il remarqua
que son jeune ami demeurait immobile, les yeux fixés sur lui d'un air sombre, il s'écria : *Quando duplicantur la-*
teres, venit Moses ! ou, comme disent
les Allemands : Plus le danger est grand,
plus Dieu est proche ! Ne désespère
donc pas, mon fis ; pense qu'après le
triste Vendredi-Saint vient le bienheu-
reux jour de Pâques ; après la Passion
arrive la Quasimodo, et après le *Mise-*
rere le joyeux *Alleluia ;* et dis avec
confiance, comme la fille de Raguel
dans le livre de Tobie : Après les gé-
missemens et les larmes tu nous com-
bleras de tes joies !

— Je connais ce Suédois, dit Fabien

avec calme, c'est ce Gédéon Renold qui
aspire à la main d'Epiphania. Ainsi c'est
un incendiaire! Mais non, je ne veux
pas encore croire que ce soit lui. — Allons, j'ai quelques milliers de florins de
moins; et l'habit ainsi que la chemise
que je porte appartiennent à mes créan-
ciers, car j'avais encore à purger mon
petit bien de quelques hypothèques.
Rien ne me retient donc plus dans ma
patrie que cette dette. Je secouerai la
poussière de mes pieds et j'abandonne-
rai la Suisse dès que je saurai où j'en
suis avec Epiphania.

Le doyen jeta un regard où se pei-
gnait une tendre compassion, sur le
pauvre Fabien: Hélas! mon fils, je puis
aussi t'instruire à ce sujet. Epiphania
est tombée sans ressource dans les griffes de Satan. J'espérais la délivrer par
la puissante intercession du seigneur de

3.   8.

Rued, et peut-être aussi par un ordre que j'avais obtenu du grand-bailli; il était trop tard, les paysans de ces montagnes obéissaient déjà plus à Addrich qu'à l'autorité légitime. Sur son ordre, un honnête bourgeois de cette ville, que le chevalier Mey avait envoyé dans la vallée de Kulm pour reprendre Epiphania, a été jeté dans un cachot, et il eût certainement perdu la vie s'il n'avait réussi à enivrer ses gardiens, et à s'échapper à la faveur de la nuit et du brouillard.

— Vous parlez sans doute du ménétrier Wirri? dit Fabien.

— De lui-même. Tu auras entendu parler de maître Wirri, mon fils, car il a été retenu comme toi, pendant quelques jours, dans la prison d'Olten. Il a été contraint de supporter beaucoup de mauvais traitemens. Pendant que vous étiez ainsi tous deux persécutés pour la bonne cause, je reçus un soir, d'une main inconnue, cette lettre que voici, et ce rouleau, il contient la valeur de deux cents florins en pièces d'or; et la lettre est aussi écrite dans le plus pur latin. Le grand Desiderius Érasmus, qui pouvait dire, en parlant de lui-même: *Cedo nulli!* n'eût pas renié un semblable style, mais ce ne sont que des *fallacia* depuis le commencement jusqu'à la fin, des filets dorés du démon qui rôde comme un lion dévorant autour de ma pauvre filleule, et qui voudrait me faire servir moi-même à ses noirs projets. Malheureusement Epiphania est déjà enveloppée et prise dans ses lacs; car tu sauras que j'avais réussi à envoyer à ma filleule, pendant l'absence d'Addrich, une paysanne de la vallée du Diable, mais l'insensée a refusé de venir se réfugier dans ma maison, alléguant qu'un serment solennel l'empêchait de s'éloigner; et lorsque la paysanne lui a parlé, selon l'ordre que je lui avais donné, de la lettre latine et du rouleau d'or qui m'ont été envoyés, sans nul doute, par quelque papiste, elle a répondu qu'elle mettait tout-son bonheur à le voir un jour!

— Quoi! elle a dit cela? s'écria Fabien en s'élançant de son siége, hors de lui. Elle soupire pour ce blême et orgueilleux personnage! Je le connais: c'est à cause de lui que je suis venu vous troubler, vénérable sire. Il a voulu aussi me corrompre ainsi que maître Wirri, et nous faire servir d'instrument à ses projets. J'en frissonne presque d'horreur; car, aussi vrai que j'existe, il y a en cet homme quelque chose de surnaturel. Elle met son bonheur à le

voir! Il faut qu'il pratique les sciences
occultes et qu'il ait un pacte avec le ma-
lin esprit, pour avoir entraîné et sé-
duit ainsi la malheureuse Epiphania.
L'argent ne lui coûte rien, et il sème
l'or à deux mains; mais s'il a pu aveu-
gler par ce moyen les misérables paysans qui le menaient à Olten, il n'a pu
l'employer auprès d'Epiphania. Ce n'est
pas non plus sa beauté qui a fait ce
charme; car il ressemble à un cadavre
qui aurait quitté sa tombe pour venir
errer parmi les vivans. En vérité, il n'y
a pas une goutte de sang en lui. Mais
ne croyez pas à ces contes, révérend
doyen; votre femme du Teufenthal
vous a rapporté des mensonges, ou elle
a mal employé ses oreilles.

Le doyen sécoua la tête d'un air de
doute, et se fit raconter par Fabien jusqu'aux moindres détails de sa rencontre

avec le seigneur de Grœnkerkenbosch, et se fit même décrire sa tournure, ses traits, son langage et ses vêtemens.

—Plus tu dépeins ce personnage, dit enfin le vieillard, moins je puis faire de conjectures. Non, je ne connais pas cet homme, et je ne veux pas le connaître. D'après ta description, c'est sans doute quelque frère rose-croix, comme il y en a tant parmi les catholiques, qui pratique la magie et la théurgie, ainsi qu'on en a d'anciens et de récens exemples. Tiens, mon fils, lis cet écrit.

Fabien déploya avec curiosité et avec une terreur secrète le papier que lui présentait le doyen, puis il en lut à haute voix le contenu, écrit en langue latine, dont nous donnerons ici la traduction :

« La main qui trace ces lignes, ô mon

» cher Henri, te sera encore chère ; du
» moins je me plais à l'espérer et à le
» croire. Elle est guidée par un cœur
» qui a dès long-temps battu pour toi,
» et qui implore sans cesse la miséri-
» corde du ciel en ta faveur. Fie-toi
» donc à cette lettre, bien que celui qui
» l'écrit reste inconnu ; il prie Dieu
» chaque jour d'éclairer ton âme de sa
» lumière divine.

» Ce qui devait nous réunir pour la
» vie et l'éternité, je veux dire la foi et
» l'église, nous a séparés ; sera-ce pour
» toujours ? Je sais que, dans ton aveu-
» glement bien digne de pitié, tu con-
» damnes ma croyance ; mais sache
» que je verse constamment pour toi
» des larmes aussi amères que le fils de
» Marie en versa sur la croix. Oh ! que
» n'es-tu plutôt un païen né dans les
» ténèbres, qu'un homme aveuglé par

» la doctrine des hommes ! j'aurais
» plus d'espoir de te voir prendre place
» dans la bienheureuse communauté
des saints ! »

Ici le doyen se leva de son fauteuil,
l'œil enflammé de colère : *Vade retrò,
Satanas !* c'est bien là du style romain,
s'écria-t-il. Il aimerait mieux que je
fusse un païen qu'un chrétien évangélique. Quelle rage insensée que celle de
ces idolâtres de Babylone ! Et il me dit
cela dans le plus beau style cicéronien !
En vérité, jamais Béelzébuth n'a si
bien caché ses griffes traîtresses sous
la robe pure d'un ange !

Fabien ne se laissa pas troubler par
cette explosion de zèle évangélique, et
il continua de la sorte :

« Cependant, cher Henri, je m'a-
» dresse à toi dans la douleur de mon

» âme, pour que tu aies pitié d'une
» pauvre orpheline abandonnée, et que
» tu sauves la vie et l'âme d'Épiphania,
» la fille d'un de tes anciens amis que la
» mort t'a enlevé, et que tu la recueilles
» dans ta maison ; car elle habite la de-
» meure d'un homme nommé Addrich
» des Mousses, dont l'endurcissement
» s'est fait connaître par la fin déplora-
» ble de sa femme et de son frère, dont
» l'incrédulité et l'éloignement de Dieu
» sont devenus un scandale même dans
» ton église, et que sa rébellion contre
» la majesté des lois a exposé à la ven-
» geance publique. Sauve-la donc des
» mains de ce pécheur endurci, avant
» qu'il l'ait entraînée avec lui dans l'a-
» bîme qu'ont creusé ses crimes sous
» ses pas. Je t'envoie, dans ce but, le
» peu d'or qui me reste.

» Je te conjure par ton Dieu, par le

3.   9

» nôtre, n'épargne rien ! souviens-toi
» que tu as juré au ciel de la protéger,
» dans le saint sacrement du baptême ;
» songe aux paroles prononcées par sa
» mère à son lit de mort. Devant le tri-
» bunal de celui qui juge les morts, tu
» trouveras un jour ses parens qui te
» demanderont ce que tu as fait de l'âme
» de leur enfant. Si tu manques à ton de-
» voir, tu me trouveras aussi là-haut
» pour témoigner contre toi. Adieu. Mes
» regards inquiets t'observent et te sui-
» vront dans toutes tes voies. »

Fabien déposa en silence la lettre
sur la table.

—Il y a déjà long-temps que j'aurais
porté secours à ma pauvre filleule, dit
le doyen ; mais sait-on qui commande,
qui obéit dans ces temps de rébellion et
de mutinerie ? Car je sais bien que la

maison d'Addrich est un lieu de scandale comme la maison de Pharaon. Aussi c'est le ciel qui t'envoie, mon fils. Hâte-toi de te rendre aux Mousses et de ramener Epiphania dans ma maison. Mes prières et la protection de Dieu t'accompagneront dans ta route.

—Mais son bonheur serait de le voir! dit Fabien absorbé dans ses pensées. Puis, se tournant avec vivacité vers le vieux doyen, il lui demanda : Qui est ce don Nardo? car il est sans nul doute l'auteur de cette lettre. Quels rapports peut-il avoir avec Epiphania? Vous, révérend sire, vous devez le connaître, puisqu'il vous connaît. N'avez-vous donc jamais vu cette écriture? Ces caractères ne vous rappellent-ils pas quelque catholique avec qui vous avez été lié autrefois?

Le doyen fit un signe négatif en secouant la tête, et répondit, après quelques momens de réflexion : Excepté l'abbé actuel de Saint-Urbain, avec qui j'allais chasser, il y a bien des années, dans les bois de Bowald. — Oui, oui, nous étions alors de jeunes gars bien agiles, et nous nous convenions bien l'un à l'autre. — Mais j'étais encore à l'école de Berne. — Il est vrai qu'il parlait le latin plus couramment que moi, bien qu'il fût le plus jeune. Qui pourrait donc l'engager aujourd'hui ? D'ailleurs, ta description ne se rapporte pas à sa tournure. Il était élancé, il est vrai, d'une taille grêle, et puis les années ! Mais pourquoi ce poignard et ce costume mondain si bizarre ? Sans doute autrefois les prélats portaient l'armure en guerre, et ils ont encore maintenant bien des habitudes mondaines. — Non, mon fils, tout bien pesé et réfléchi, ce n'est pas l'abbé de Saint-Urbain, et je

n'ai jamais été lié avec personne autre
de sa confession.

Ce soliloque du vieil ecclésiastique
fut écouté avec une grande attention par
Fabien ; et bien que la conclusion fût en
faveur du prélat, le jeune homme en
conserva un soupçon contre lui, parceque le doyen assurait qu'il n'avait jamais eu de rapport avec un autre catholique.

Fabien résolut donc de passer par
Saint-Urbain, en se rendant à la maison
d'Addrich, et de ne pas s'éloigner des
alentours du monastère, avant d'avoir
pu comparer la personne de l'abbé
avec celle du prétendu seigneur de
Grœnkerkenbosch. Puis, s'étant con-
vaincu qu'il n'avait plus d'éclaircisse-
mens à attendre du doyen, ni au sujet
de cet ami mystérieux et au moins dou-

teux de sa chère Epiphania, ni au sujet de la perte de ses pommiers du lac
de Thun, il prit congé du doyen. Celui-ci s'efforça en vain de lui faire ac-
cepter l'hospitalité au moins pour un
jour; ce fut même difficilement qu'il
obtint que l'impatient jeune homme
prît quelque nourriture avant de se
mettre en voyage. Fabien satisfit à peine
et à la hâte son appétit, et quitta le bon
vieillard, qui lui recommanda de ne rien
négliger de ce que commandait la prudence, et de tout mettre en œuvre
pour délivrer sa petite Gotte (1); car
c'est ainsi que, dans sa tendresse com-
patissante, le vieux doyen nommait la
belle Epiphania.

(1) *Gotte* est le nom qu'on donne en Suisse aux mar-
aines et aux filleules, de même que les parrains et
leurs filleuls sont désignés par le nom de *gœtti*.

CHAPITRE XXXI.

LE BAMPF.

Fabien quitta la ville, agité d'un sentiment qu'il serait impossible de décrire. L'écorce dorée des fruits du lac Asphaltite ne renferme qu'une poussière impure; c'est ainsi que la fraîcheur de la

jeunesse ne couvrait plus en Fabien
qu'une nature morte et inerte. Toutes
ses espérances avaient été frappées à la
fois du coup de la mort. Il n'y avait
plus pour lui d'avenir digne de ses efforts. La ruine de son modeste patri-
moine, dévoré par des mains incen-
diaires, lui ravissait cette indépendance
dont il était si fier, et le réduisait à la
condition d'un mercenaire, forcé de
pourvoir, par son travail, aux besoins
journaliers de son existence. La perte,
plus que vraisemblable, de la main de
la compagne de son enfance, mettait
le comble à ses maux; il ne pouvait
songer sans douleur que, même si Epiphania lui eût été conservée, il n'aurait pu lui offrir un sort supportable.

Il marchait d'un pas rapide et la tête
baissée dans les rues et faubourgs
d'Aarau, se dirigeant vers les bords

tranquilles de la petite rivière qui passe
près de Suhr, lorsqu'un vigoureux
coup, frappé sur son épaule, le tira
de sa sombre rêverie.

—Halte-là! on ne passe pas fièrement
comme cela devant ses vieilles connais-
sances, messire mon ami ! s'écria celui
qui l'accostait de la sorte. Où allez-vous?
D'où venez-vous? Dieu soit loué! que je
vous trouve encore entre ciel et terre.
Soyez le bienvenu. Nous sommes nés
coiffés tous les deux, à ce qu'il paraît :
comment vous êtes-vous tiré de la
prison d'Olten ?

Fabien reconnut aussitôt dans le questionneur le ménétrier d'Aarau ; mais il
le laissa long-temps parler encore sans
lui répondre, et le regarda fixement.

—Il paraît que le régime d'Olten ne

vous a pas profité, continua maître
Wirri. De l'eau et du pain noir! Au besoin, on peut bien boire avec les oies,
mais non pas manger avec elles! Cependant, *post nubila Phœbus*, messire
mon ami. On oublie bien des choses, et
nous autres pauvres mortels, nous
devons toujours avoir sous les yeux Dieu
sur la croix. Pourquoi avez-vous un air
si triste?

—Non pas, que je sache, maître! répondit Fabien, qui n'avait pas encore
pu prendre une contenance assurée.

— Vous faites une grimace comme
si vous sortiez d'une cruche de vinaigre.
Qu'avez-vous, messire mon ami? Sur
quelle herbe avez-vous donc marché?

— Des bagatelles, des bagatelles!
Rien autre chose.

—Des bagatelles devraient-elles bou-
leverser un homme de votre trempe? Le
héron ne s'amuse pas à chasser aux
mouches. Ne me dites pas des choses
semblables. Quant à cela, vous devez
savoir mieux que personne où le soulier
vous blesse. Mais, dites-moi, votre
compagnon d'infortune? Comment se
nomme-t-il donc déjà? Don Fardeau,
don Marteau, ou quelque chose comme
cela, car enfin c'est un prêtre; bref
est-il toujours pris dans ce vieux trou
d'Olten?

—Il était déjà libre le lendemain de
son arrivée. Mais, dites-moi, maître,
pour qui prenez-vous cet homme? J'entends parler de lui en quelque lieu que
je me trouve; partout il a mis la main,
partout il a laissé des traces de son passage.

—Il surnage alors dans toutes les

soupes, comme le persil. Cela lui ressemble bien, car je le tiens, en dépit de
toutes ses dénégations, pour un petit
catholique, pas moins que cela ; pour
un homme qui se fait un jeu de tout le
monde, et qui fait aller toutes les choses
à son gré. Croyez-moi, messire mon
ami, il n'y a pas de prêtre si petit, qu'un
pape ne s'y montre à demi. Sa figure ne
me revient pas. Il est de ces gens dont on
sait ce qu'il y a de mieux à en savoir
quand on n'en sait rien du tout. Mais,
dites-moi, où vous conduit cette route?

—Aux Mousses, chez Addrich. Si
vous voulez m'accompagner...

—Bah! je n'aurais garde! Ne vous
avancez pas dans l'eau quand vous ne
sentez pas le fond. On n'est jamais perdu
que par ceux qu'on hante. Restez avec
nous à Aarau. Aujourd'hui on n'est pas

sûr de soi un pouce au-delà des poteaux
de la ville. Les vautours et les loups sont
plus doux que les paysans; ils voudraient
tuer la poule et les poulets. Il n'y a pas
long-temps que ceux de Bâle ont coupé
à un pauvre homme les oreilles ras de
la tête, parcequ'ils le soupçonnaient de
les avoir espionnés. Puis ils lui mirent
ses oreilles dans la main, en lui disant:
C'est maintenant que tu es un véritable
porteur d'oreilles. Ils arrêtent partout
les voyageurs, ouvrent toutes les lettres
et examinent tous les sauf-conduits. Si
quelqu'un leur déplaît, ils lui coupent
le nez et la moustache, ou bien ils lui en-
lèvent la peau de la tête, ou ils mettent
le feu à sa maison. Ce sont des abomina-
tions sans fin. Demeurez à Aarau, je
vous le conseille; ou du moins n'allez
pas sans armes dans ces maudites montagnes. Vous n'avez pas seulement un
balai à mouches dans la main.

— Pour qui des armes, maître?

—Vous l'apprendrez bientôt si vous approchez de la ruche. Quand la vache a perdu sa queue, elle s'aperçoit alors à quoi elle était bonne. Les rebelles ne manquent ni de sabres, ni de pistolets, ni de hallebardes. Il n'y a pas long-temps qu'ils s'emparèrent près de la petite ville de Wangen, d'un bateau chargé qui descendait l'Aare, et ils trouvèrent des tonneaux sur lesquels on avait écrit : *Vin muscat;* mais quand ils voulurent y goûter, ils trouvèrent que les barriques étaient pleines de grenades qu'on envoyait au fort de Lenzbourg. Maintenant je parierais que les drôles nous enverront de ce vin muscat à la première occasion.

—Je vous conseille de n'en pas boire. Adieu, maître!

—Mais attendez donc! qui vous presse

si fort? Le malheur vient à mi-côte,
comme on dit; ce n'est pas la peine de
tant courir pour l'attraper !

Maître Wirri l'appela vainement, Fabien ne semblait pas l'entendre; seulement il lui fit encore un signe de la main
comme pour lui dire adieu, et marcha
rapidement le long de la petite rivière.
La courte conversation qu'il avait eue
avec le ménétrier avait produit en lui
un heureux effet, en cela qu'elle lui
avait rendu quelque calme. Bien que
dans la disposition où il se trouvait, tous
les dangers lui parussent indifférens, il
ne voulut pas toutefois s'exposer à celui
de devenir prisonnier une troisième fois.
Il ne s'épargna donc pas les détours à travers les bois et les marais pour éviter les
villages, et dès qu'il fut parvenu aux
murs du vieux château de Liebegg, il
gravit directement la montagne, en se

dirigeant par le Bampf pour se rendre à
la demeure d'Addrich. Ce Bampf est un
des points les plus élevés de cette longue
chaîne de montagnes de sable, couvertes de bois, qui s'étendent dans la direction du sud-ouest, du château de Liebegg au lac Halwyl, et du sommet duquel
s'offre la vue d'une contrée aussi pitto-
resque qu'étendue.

Lorsque Fabien eut atteint l'extrémité
des ruines de l'ancien château, où commençait une immense forêt de noirs sapins, il continua de gravir, et pénétra
sans crainte sous ces feuillées sombres et
humides, maudissant la rigueur de son
sort. Jamais il n'avait ressenti aussi pro-
fondément que dans cet instant, même
dans la solitude de son cachot à Berne
et à Olten, l'isolement où il se trouvait
dans le monde. Sans parens, sans al-
liances, sans amis, il n'avait d'autre lien

que l'amitié fraternelle qui l'unissait à
Epiphania; ce n'était que dans ce sentiment qu'il avait trouvé jusqu'à ce jour
des dédommagemens à toutes les priva-
tions que le sort lui avait imposées, et
il se voyait enlever cette dernière consolation. Trop éclairé pour se plaire
parmi les grossiers et superstitieux
habitans de ces montagnes, trop fier
pour aller se faire le courtisan de riches
citadins, ses seigneurs et maîtres, la
Suisse n'avait plus d'attraits pour lui, et
il lui était indifférent d'avoir pour patrie
toute autre contrée du globe. Ces pensées le ramenèrent à Addrich, et il
éprouva une pitié profonde en songeant
aux paroles de cet infortuné, qui s'é-
criait sous les pins du Goenhard, en se
plaignant de sa détresse : J'ai vu la vie
sous toutes ses faces, et après tout, j'ai
trouvé qu'elle n'était pas digne d'être
regrettée par un soupir. Une profonde

3.   9.

mélancolie s'empara de son cœur. Toutes les misères de son existence se pei-
gnirent à lui sous les couleurs les plus
vives, et, dans sa douleur, il s'écria à son
tour que la mort était le plus grand des
biens.

Tout-à-coup il s'avança hors des ténèbres de la forêt, et il se trouva sur la petite coupole de gazon brûlé qui s'élève
au sommet du Bampf, ceinte de bois
touffus, et qui semble un crâne dépouillé encore entouré d'une épaisse
chevelure. Les formes gigantesques des
Alpes s'offraient à lui comme des masses
d'un bleu foncé, dorées par la lumière
du crépuscule et couvertes encore de
leurs longs voiles de neige. Sur la droite,
où un sentier étroit s'élevait par sinuosités jusqu'au village le Durrenasch, et de-
là, par un nouveau circuit, à la solitude habitée par Addrich, la montagne

la plus proche présentait ses flancs noirs,
tandis que sur la gauche l'œil plongeait
dans les profondeurs du lac Halwyl
dont les eaux étincelantes semblaient
une gaze d'argent jetée sur le manteau
vert des plaines.

Fabien s'arrêta en silence. La majesté
de ce spectacle lui inspira une vive
émotion. L'air pur qu'il respirait sur
ces hautes montagnes, l'éclat sans pa-
reil de ce tableau, le silence profond qui
l'environnait, tout contribuait à frapper ses sens. La nature exerçait sur lui
les droits qu'elle conserve sur toutes
les âmes pures. Il se sentait élevé tout-
à-coup au-dessus de lui-même, et débar-
rassé de ces idées sombres qu'il semblait
avoir puisées dans l'obscurité des bois
qu'il venait de traverser. Et lorsque, se
détournant, ses yeux embrassèrent d'un
côté l'arc immense des montagnes du
Jura avec leurs cimes bleuâtres, leurs

aiguilles et leurs crêtes fantastiques qui
s'élèvent jusqu'aux nues, comme si la
terre voulait pénétrer dans le ciel; et de
l'autre, les plaines d'Aarau terminées par
les tourelles et les donjons de la grande
Lenzbourg et par les murs blanchis du
château de Braunegg qui dépassent sur
les rochers, il ne put résister plus long-
temps à la magie de ce spectacle. Reje-
tant avec toute la légèreté et l'étourderie
de son âge les soucis qui l'accablaient,
Fabien s'écria: Eh bien! si je suis pauvre,
n'ai-je pas devant moi le monde entier
qui m'est ouvert? Si je suis abandonné,
Dieu n'est-il pas là-haut, qui nous protége tous? Je suis jeune, plein de force;
je veux briser les liens qui me retien-
nent. Adieu, ô ma patrie! adieu, Epiphania! Je veux tout oublier, peines et
joies, et commencer une vie nouvelle.
Je ne veux rien garder, pas même l'espoir qui m'attachait à cette contrée. Le

monde m'est ouvert, je veux m'élancer, et me créer un meilleur avenir. Alors il prit un air fier et fit quelques pas rapi· des. Sa contenance était ferme et son regard plein de hardiesse; il foulait la terre avec orgueil, et il se croyait plus libre qu'un monarque.

Ce changement rapide qui s'opéra dans les pensées de Fabien, ne surprendra pas ceux qui ont parcouru dans les beaux jours d'avril les montagnes de la Suisse, et qui ont ressenti les effets de la tem· pérature délicieuse qui y règne alors, et de l'aspect qu'offre dans cette saison, à la fin d'une belle journée, ce pays en- chanteur. L'enfant fait succéder à ses pleurs la gaieté la plus vive, la jeune fille timide sent battre son sein, et son âme prend un essor rapide; et l'adoles- cent, plongé dans l'abattement, voit tout-à-coup renaître son ardeur et ses

forces. Mais les projets de la jeunesse,
lorsqu'ils ne sont que l'effet des passions
passagères, disparaissent aussi rapidement que l'aspect des montagnes lorsque
les brouillard s'élèvent du fond des vallées. Fabien l'éprouva en ce moment
même, lorsqu'il se croyait plus que jamais affermi dans les résolutions qu'il
venait de prendre.

Tandis que ses regards rêveurs erraient
le long de la chaîne du Jura, et que son
âme était plongée dans le ravissement
que lui inspirait ce site délicieux, des
voix humaines vinrent frapper son
oreille. Il se tourne vers le lieu d'où elles
paraissaient retentir. C'était un petit
bois qui cachait une profondeur où il
fallait s'engager pour gagner la maison
d'Addrich. Deux femmes s'entretenaient
ensemble; mais tout-à-coup les voix se
turent. Fabien sentit une rougeur brû-

lante couvrir son visage, et son cœur battit avec violence. Cette voix lui sembla celle d'Epiphania, et il courut aussitôt vers le taillis qui n'était encore couvert que de jeunes bourgeons et d'un vert feuillage.

Epiphania se trouvait effectivement à quelques pas de lui; à sa vue, elle resta immobile, dans une charmante attitude de surprise.

FIN DU TROISIÈME VOLUME.

TABLE

DU TOME TROISIÈME.

———

www.ingramcontent.com/pod-product-compliance
Lightning Source LLC
Chambersburg PA
CBHW061500030726
47503CB00005B/1752